Die letzte Fahrt der Fantasie: Begegnungen mit dem Unmöglichen

Andreas Weissenberger / Binjamin Zwi

Die letzte Fahrt der Fantasie:

Begegnungen mit dem Unmöglichen

Epik - Prosa

Bibliografische Information der Deutschen Nationalbibliothek:
Die Deutsche Nationalbibliothek verzeichnet diese Publikation in der Deutschen Nationalbibliografie; detaillierte bibliografische Daten sind im Internet über http://dnb.dnb.deabrufbar.

Mitwirkende: Binjamin Zwi

Fotos: Canva Dream Lab

Buchumschlag Hauptteil: borArt

Verlag: BoD · Books on Demand GmbH, In de Tarpen 42, 22848 Norderstedt, bod@bod.de

Druck: Libri Plureos GmbH, Friedensallee 273, 22763 Hamburg

ISBN: 978-3-7693-2857-8

Inhalt

PROLOG- DIE SPUREN DER GE-SCHICHTE – VON GROSSEN PERSÖN-LICHKEITEN UND LEGENDÄREN SCHIFFSWRACKS

In den unendlichen Weiten der Geschichte gibt es Persönlichkeiten, deren Taten und Ideen wie Leuchttürme in der Dunkelheit strahlen. Sie haben die Welt geprägt, Grenzen überwunden und das Leben vieler Menschen verändert. Von den visionären Gedanken eines Albert Einstein, der die Relativitätstheorie formulierte, bis hin zu Rosalind Franklin, die eine Spezialistin für die Röntgenstrukturanalyse kristallisierter Makromoleküle war. – ihre Errungenschaften sind Meilensteine des menschlichen Fortschritts.

Doch während diese außergewöhnlichen Menschen ihre Spuren auf dem Land hinterließen, gibt es auch Geschichten von Schiffen, die einst majestätisch über die Ozeane segelten und deren Wracks heute stille Zeugen vergangener Zeiten sind. Die Titanic, ein Symbol für menschliche Hybris und tragisches Schicksal, sank 1912 nach einem verhängnisvollen Aufprall mit einem Eisberg. Ihr Wrack ruht nun in den Tiefen des Atlantiks und erzählt von der Vergänglichkeit des Lebens und dem Streben nach Größe.

Ein weiteres bemerkenswertes Beispiel ist das Wrack der Lusitania, das 1915 versenkt wurde und nicht nur eine Tragödie darstellt, sondern auch einen Wendepunkt im Ersten Weltkrieg markierte. Diese Schiffe sind mehr als nur Metall und Holz; sie tragen die Geschichten von Hoffnung, Verlust und dem unaufhörlichen Drang des Menschen, neue Horizonte zu erkunden.

In diesem Prolog vereinen sich die Geschichten dieser großen Persönlichkeiten und legendären Schiffswracks zu einem faszinierenden Mosaik aus Inspiration und Warnung. Sie erinnern uns daran, dass sowohl das Streben nach Wissen als auch das Abenteuer auf den Meeren mit Risiken verbunden sind – doch gerade diese Herausforderungen formen unseren Weg in die Zukunft.

DIE GESCHICHTE VON ALEXANDER DEM GROSSEN

Einleitung

Alexander der Große, einer der bedeutendsten Eroberer der Geschichte, wurde im Jahr 356 v. Chr. in Pella, der Hauptstadt des antiken Makedonien, geboren. Er war der Sohn von König Philipp II. und Königin Olympias. Schon in seiner Kindheit zeigte er außergewöhnliche Fähigkeiten und eine bemerkenswerte Intelligenz, die ihn zu einem der größten Militärstrategen und Herrscher aller Zeiten machen sollten.

Kindheit und Ausbildung

Alexander wuchs in einem Umfeld auf, das von Macht und Ambitionen geprägt war. Sein Vater, Philipp II., hatte Makedonien zu einer dominierenden Kraft im griechischen Raum gemacht. Alexander erhielt eine umfassende Ausbildung; sein Lehrer war der berühmte Philosoph Aristoteles, der ihm nicht nur Wissen über Philosophie und Wissenschaft vermittelte, sondern auch ein tiefes Verständnis für die griechische Kultur und Ethik.

Aristoteles lehrte Alexander die Bedeutung von Tugenden wie Tapferkeit und Gerechtigkeit sowie die Kunst der Rhetorik. Diese Bildung prägte Alexanders Charakter und seine Sicht auf die Welt. Er entwickelte eine Leidenschaft für das Lernen und ein starkes Interesse an den Kulturen anderer Völker.

Der Aufstieg zur Macht

Nach dem Tod seines Vaters im Jahr 336 v. Chr. bestieg Alexander den Thron von Makedonien im Alter von nur 20 Jahren.

Sofort sah er sich mit Herausforderungen konfrontiert: Rebellionen in Griechenland und Bedrohungen durch benachbarte Stämme. Mit Entschlossenheit und militärischem Geschick gelang es ihm, diese Bedrohungen schnell zu neutralisieren.

Alexander nutzte die Gelegenheit, um seine Macht zu festigen und die griechischen Stadtstaaten unter seiner Kontrolle zu vereinen. Er wurde zum Führer des Korinthischen Bundes ernannt, was ihm erlaubte, seine Autorität über Griechenland auszubauen.

Die Eroberung des Perserreichs

Im Jahr 334 v. Chr. begann Alexander seinen Feldzug gegen das mächtige Perserreich unter König Darius III. Mit einer gut ausgebildeten Armee überquerte er den Hellespont (heute Dardanellen) und begann seine Eroberungen in Kleinasien.

Seine ersten großen Siege bei Granikos (334 v. Chr.) und bei Issos (333 v. Chr.) festigten seinen Ruf als brillanter Stratege. Bei Issos besiegte er Darius III., der daraufhin fliehen musste. Alexander zeigte jedoch Großzügigkeit gegenüber den besiegten Städten und gewährte vielen von ihnen Autonomie.

Ägypten und die Gründung von Alexandria

Nach seinem Sieg über Darius wandte sich Alexander nach Ägypten, wo er als Befreier empfangen wurde. Die Ägypter waren unzufrieden mit der persischen Herrschaft, und Alexander wurde zum Pharao gekrönt. Während seines Aufenthalts in Ägypten gründete er die Stadt Alexandria, die später zu einem Zentrum für Wissenschaft und Kultur werden sollte.

In Alexandria ließ er eine große Bibliothek errichten, die das Wissen der damaligen Welt bewahren sollte. Diese Stadt wurde ein Symbol für Alexanders Vision einer kulturellen Verschmelzung zwischen Ost und West.

Der Weg nach Indien

Nach seiner Rückkehr aus Ägypten setzte Alexander seinen Feldzug fort und drang weiter nach Osten vor. Im Jahr 326 v. Chr. erreichte er Indien, wo er auf den König Porus traf. In der Schlacht am Hydaspes-Fluss zeigte Alexander erneut seine militärische Brillanz und gewann trotz schwieriger Bedingungen.

Die Begegnung mit Porus war besonders bemerkenswert; nachdem Alexander gewonnen hatte, bot er dem besiegten König an, ihn als Verbündeten zu behalten statt ihn zu vernichten – ein Zeichen für Alexanders strategisches Denken.

Der Rückweg und das Ende eines Imperiums

Trotz seiner Erfolge begannen Alexanders Truppen müde zu werden; sie hatten genug vom ständigen Kämpfen und wollten nach Hause zurückkehren. Im Jahr 324 v. Chr., nach Jahren des Krieges, kehrte Alexander schließlich nach Babylon zurück.

Dort plante er weitere Eroberungen in Arabien, doch sein Gesundheitszustand verschlechterte sich rapide. Im Jahr 323 v. Chr., im Alter von nur 32 Jahren, starb Alexander unter mysteriösen Umständen in Babylon.

Das Erbe Alexanders

Alexander hinterließ ein riesiges Reich, das sich von Griechenland bis nach Indien erstreckte – das größte Imperium der Antike bis dahin. Nach seinem Tod zerfiel sein Reich schnell in verschiedene Teile; seine Generäle (die Diadochen) kämpften um die Kontrolle über die Provinzen.

Trotz dieser politischen Instabilität bleibt Alexanders Vermächtnis unvergessen: Er verbreitete die griechische Kultur weit über ihre ursprünglichen Grenzen hinaus und beeinflusste Generationen von Herrschern und Militärstrategen.

Schlussfolgerung

Was macht Alexander den Großen so besonders? Es ist nicht nur seine militärische Brillanz oder sein unermüdlicher Ehrgeiz; es ist auch seine Fähigkeit zur Integration verschiedener Kulturen sowie sein Streben nach Wissen und Verständnis anderer Völker.

Sein Leben ist ein faszinierendes Beispiel dafür, wie eine Einzelperson durch Visionen, Mut und Intelligenz einen unauslöschlichen Eindruck auf die Welt hinterlassen kann – ein wahrhaft großer Herrscher der Geschichte.

DIE GESCHICHTE VON LOUIS DAGUERRE

Einleitung

Louis Daguerre, geboren am 18. November 1787 in Cormeilles-en-Parisis, Frankreich, war ein Pionier der Fotografie und gilt als einer der bedeutendsten Innovatoren des 19. Jahrhunderts. Seine Erfindung des Daguerreotyps revolutionierte die Art und Weise, wie Menschen Bilder festhielten und dokumentierten. Diese Geschichte beleuchtet Daguerres Leben, seine Errungenschaften und das Erbe, das er hinterließ.

Kindheit und frühe Jahre

Louis Daguerre wuchs in bescheidenen Verhältnissen auf. Sein Vater war ein erfolgreicher Landwirt, doch die Familie hatte mit den Herausforderungen des Lebens im ländlichen Frankreich zu kämpfen. Schon früh zeigte Daguerre eine Leidenschaft für Kunst und Wissenschaft. Mit 12 Jahren begann er eine Lehre als Maler und Bühnenbildner in Paris.

In der Hauptstadt entwickelte er seine Fähigkeiten in der Malerei und wurde schnell bekannt für seine talentierten Bühnenbilder. Diese Erfahrungen prägten sein späteres Interesse an Licht und Schatten sowie an der Darstellung von Realität.

Die Anfänge der Fotografie

In den frühen 1820er Jahren entdeckte Daguerre die Möglichkeiten der Camera Obscura, einem optischen Gerät, das Lichtstrahlen durch ein kleines Loch auf eine Fläche projiziert. Diese Entdeckung führte ihn zur Idee, Bilder dauerhaft festzuhalten.

Zusammen mit dem Chemiker Joseph Nicéphore Niépce experimentierte Daguerre mit verschiedenen chemischen Prozessen.

Niépce hatte bereits einige Fortschritte bei der Fixierung von Bildern gemacht, aber es war Daguerre, der die entscheidenden Schritte unternahm, um die Fotografie zu perfektionieren. Nach Niépces Tod im Jahr 1833 setzte Daguerre seine Experimente fort und entwickelte schließlich den Daguerreotyp.

Der Daguerreotyp

Der Daguerreotyp war ein Verfahren zur Herstellung von Fotografien auf silberbeschichtetem Kupferplatten. Es erforderte eine lange Belichtungszeit – oft mehrere Minuten – was bedeutete, dass bewegte Objekte nicht festgehalten werden konnten. Dennoch war die Qualität der Bilder bemerkenswert hoch; sie waren scharf und detailreich.

Im Jahr 1839 präsentierte Daguerre seine Erfindung der Öffentlichkeit in Paris. Die Nachricht verbreitete sich schnell über Europa und Nordamerika, was zu einem regelrechten Boom in der Fotografie führte. Der Daguerreotyp wurde zum ersten weit verbreiteten fotografischen Verfahren.

Die Reaktionen auf die Erfindung

Die Einführung des Daguerreotyps stieß auf großes Interesse und Begeisterung. Künstler, Wissenschaftler und das allgemeine Publikum waren fasziniert von dieser neuen Möglichkeit, die Welt festzuhalten. Viele Fotografen begannen sofort mit dem Experimentieren und eröffneten Studios.

Daguerres Erfindung veränderte nicht nur die Kunstwelt; sie beeinflusste auch Bereiche wie Journalismus, Wissenschaft und Dokumentation. Die Fähigkeit, realistische Abbildungen zu erstellen, eröffnete neue Perspektiven für die Berichterstattung über Ereignisse und das Festhalten historischer Momente.

Das Vermächtnis von Louis Daguerre

Im Jahr 1839 erhielt Daguerre eine lebenslange Rente vom französischen Staat als Anerkennung für seine Beiträge zur Wissenschaft und Kunst. Dies war eine seltene Auszeichnung für einen Erfinder seiner Zeit. Doch trotz seines Erfolgs blieb er bescheiden und widmete sich weiterhin seiner Leidenschaft für die Fotografie.

Daguerres Einfluss erstreckte sich über Jahrzehnte hinweg; viele Fotografen orientierten sich an seinen Techniken oder entwickelten sie weiter. Sein Verfahren wurde schließlich durch andere fotografische Methoden ersetzt, aber sein Name bleibt untrennbar mit den Anfängen der Fotografie verbunden.

Die Entwicklung nach dem Daguerreotyp

Obwohl das Verfahren des Daguerreotyps bald durch andere Techniken wie das Kollodiumverfahren abgelöst wurde, legte es den Grundstein für die moderne Fotografie. Die Prinzipien von Lichtempfindlichkeit und Bildfixierung blieben zentral für alle zukünftigen Entwicklungen in diesem Bereich.

Daguerres Arbeit inspirierte zahlreiche Fotografen weltweit; viele reisten nach Paris, um seine Techniken zu erlernen oder um ihre eigenen Ideen zu entwickeln. In den folgenden Jahrzehnten

entstanden zahlreiche Fotografiestile und -bewegungen – alles
basierend auf den Grundlagen, die Daguerre gelegt hatte.

Persönliches Leben

Trotz seines Ruhms führte Louis Daguerre ein relativ zurückge-
zogenes Leben. Er heiratete in jungen Jahren und hatte mehrere
Kinder; jedoch starb seine Frau frühzeitig an Tuberkulose. Dies
hinterließ bei ihm tiefe Spuren.

Daguerres persönliche Tragödien beeinflussten möglicherweise
seine künstlerische Arbeit; er fand Trost in seiner Leidenschaft
für die Fotografie und widmete sich weiterhin seinen Experi-
menten bis ins hohe Alter.

Der Einfluss auf Kunst und Kultur

Die Auswirkungen von Daguerres Erfindung waren weitrei-
chend; sie veränderten nicht nur die Kunstwelt sondern auch das
gesellschaftliche Bewusstsein über das Sehen selbst. Plötzlich
konnten Menschen Bilder ihrer Umgebung sehen – nicht nur
durch Gemälde oder Zeichnungen – sondern durch echte Abbildungen.

Die Fotografie ermöglichte es Menschen aus allen Gesellschaftsschichten, ihre Erinnerungen festzuhalten; dies führte zu einer
Demokratisierung des Bildes – jeder konnte nun Teil der visuellen Kultur werden.

Das Ende eines Kapitels

Louis Daguerre starb am 10. Juli 1851 in Bry-sur-Marne bei Paris
im Alter von 63 Jahren. Sein Tod markierte das Ende einer Ära

in der frühen Geschichte der Fotografie; jedoch lebte sein Erbe weiter durch die unzähligen Fotografen und Künstler, die von seiner Arbeit inspiriert wurden.

Sein Beitrag zur Entwicklung der Fotografie wird bis heute gewürdigt; Museen weltweit zeigen Daguerreotypes als Meisterwerke dieser neuen Kunstform.

Schlussfolgerung

Louis Daguerres Leben ist ein faszinierendes Beispiel dafür, wie Innovationen in einem bestimmten Bereich weitreichende Auswirkungen auf verschiedene Aspekte des Lebens haben können. Seine Leidenschaft für Licht und Bild führte zur Schaffung eines neuen Mediums – eines Mediums, das unsere Wahrnehmung von Realität verändert hat.

Sein Vermächtnis lebt weiter in jedem Foto, das wir heute machen oder betrachten; es erinnert uns daran, dass wir alle Teil einer langen Tradition sind – einer Tradition des Festhaltens von Momenten durch das Wunder des Lichts.

Einleitung

Rosa Parks, geboren am 4. Februar 1913 in Tuskegee, Alabama, gilt als eine der bedeutendsten Figuren der amerikanischen Bürgerrechtsbewegung. Ihre Weigerung, ihren Platz im Bus für einen weißen Passagier zu räumen, wurde zum Symbol des Widerstands gegen Rassendiskriminierung und führte zu einem landesweiten Aufstand gegen die Ungerechtigkeiten der Jim-Crow-Gesetze. Diese Geschichte beleuchtet Parks' Leben, ihre Errungenschaften und das Erbe, das sie hinterließ.

Kindheit und frühe Jahre

Rosa Louise McCauley wuchs in einer Zeit auf, in der Rassentrennung und Diskriminierung in den Südstaaten der USA weit verbreitet waren. Ihre Eltern, James McCauley und Leona Edwards, trennten sich früh, und Rosa wurde von ihrer Mutter allein großgezogen. Sie lebte mit ihrer Familie in Montgomery, Alabama, wo sie die segregierte Schule besuchte.

Bereits in ihrer Kindheit erlebte Parks die Ungerechtigkeiten des Rassismus. Diese Erfahrungen prägten ihr Bewusstsein für soziale Gerechtigkeit und Gleichheit. Sie war eine hervorragende Schülerin und zeigte schon früh Interesse an Bildung und Aktivismus.

Engagement für die Bürgerrechte

Nach ihrem Schulabschluss arbeitete Rosa Parks als Näherin und engagierte sich aktiv in der afroamerikanischen Gemeinschaft. Sie trat der National Association for the Advancement of

Colored People (NAACP) bei und wurde bald zur Sekretärin der Montgomery-Niederlassung. In dieser Rolle setzte sie sich für die Rechte von Afroamerikanern ein und kämpfte gegen Diskriminierung.

Parks war auch Mitglied des Youth Council der NAACP, wo sie junge Menschen mobilisierte und über die Bedeutung von Bürgerrechten aufklärte. Ihr Engagement wuchs weiter, als sie an verschiedenen Kampagnen teilnahm, um die Lebensbedingungen für Afroamerikaner zu verbessern.

Der entscheidende Moment

Am 1. Dezember 1955 nahm Rosa Parks an einem Abendkurs teil, als sie beschloss, nach Hause zu fahren. Im Bus saß sie im mittleren Bereich – einem Bereich, der für Afroamerikaner reserviert war. Als der Bus voll wurde und ein weißer Passagier keinen Platz fand, forderte der Fahrer Parks auf, ihren Platz zu räumen.

Parks weigerte sich standhaft. Ihre Entscheidung war nicht nur ein persönlicher Akt des Widerstands; sie war das Ergebnis jahrelanger Frustration über die Ungerechtigkeiten des Rassismus. Ihre Festnahme führte zu Empörung in der afroamerikanischen Gemeinschaft von Montgomery.

Der Montgomery Bus Boykott

Die Reaktion auf Parks' Festnahme war sofortig. Aktivisten aus der afroamerikanischen Gemeinschaft organisierten einen Boykott des öffentlichen Nahverkehrs in Montgomery. Der Montgomery Bus Boykott begann am 5. Dezember 1955 – dem Tag nach Parks' Festnahme – und dauerte über ein Jahr.

Der Boykott wurde von Martin Luther King Jr., einem jungen Pastor aus Montgomery, geleitet. Die afroamerikanische Gemeinschaft stellte ihre Fahrten im Bus ein und organisierte alternative Transportmittel wie Fahrgemeinschaften oder Fußmärsche zur Arbeit.

Die Auswirkungen des Boykotts

Der Boykott hatte weitreichende Auswirkungen auf die Gesellschaft in Montgomery und darüber hinaus. Er brachte nationale Aufmerksamkeit auf die Bürgerrechtsbewegung und zeigte die Entschlossenheit der afroamerikanischen Gemeinschaft im Kampf gegen Rassendiskriminierung.

Die Stadtverwaltung reagierte mit Repressionen; viele Teilnehmer wurden bedroht oder entlassen. Dennoch blieb die Bewegung stark und vereint. Der Boykott führte schließlich zu einer gerichtlichen Entscheidung des Obersten Gerichtshofs der USA im Jahr 1956, die die Rassentrennung im öffentlichen Nahverkehr für verfassungswidrig erklärte.

Das Vermächtnis von Rosa Parks

Rosa Parks' Mut inspirierte viele andere Aktivisten innerhalb der Bürgerrechtsbewegung. Sie wurde oft als „Mutter der Bürgerrechtsbewegung" bezeichnet und erhielt zahlreiche Auszeichnungen für ihren Beitrag zur sozialen Gerechtigkeit.

Nach dem Boykott zog Parks nach Detroit, Michigan, wo sie weiterhin aktiv blieb – sowohl politisch als auch sozial. Sie arbeitete mit verschiedenen Organisationen zusammen und setzte sich für Themen wie Bildungsgleichheit und wirtschaftliche Gerechtigkeit ein.

Herausforderungen im Leben

Trotz ihres Ruhms hatte Rosa Parks mit vielen Herausforderungen zu kämpfen. Nach dem Boykott erlebte sie finanzielle Schwierigkeiten; ihre Familie litt unter den Folgen ihrer politischen Aktivitäten. In Detroit engagierte sie sich weiterhin für soziale Gerechtigkeit, aber es war oft ein harter Kampf.

Parks musste auch mit den emotionalen Belastungen umgehen, die mit ihrem Aktivismus verbunden waren; sie erhielt Drohungen gegen ihr Leben und das ihrer Familie aufgrund ihres Engagements für Gleichheit.

Anerkennung und Ehrungen

Im Laufe ihres Lebens erhielt Rosa Parks zahlreiche Ehrungen für ihren Beitrag zur Bürgerrechtsbewegung. Sie wurde mit dem Martin Luther King Jr.-Friedenspreis ausgezeichnet sowie mit dem Congressional Gold Medal – einer der höchsten Auszeichnungen des US-Kongresses.

Im Jahr 1999 wurde sie zur ersten Frau geehrt, deren Sarg im Kapitol aufgebahrt wurde – eine symbolische Anerkennung ihres Beitrags zur amerikanischen Geschichte.

Das Erbe von Rosa Parks

Rosa Parks starb am 24. Oktober 2005 im Alter von 92 Jahren in Detroit. Ihr Erbe lebt jedoch weiter; ihre Taten haben Generationen inspiriert und sind ein zentraler Bestandteil des Kampfes um Bürgerrechte weltweit geworden.

In Schulen wird ihr Name oft erwähnt; ihre Geschichte wird genutzt, um Schüler über den Wert von Mut und Zivilcourage aufzuklären. Viele Straßen, Schulen und Denkmäler sind nach ihr benannt worden – eine ständige Erinnerung an ihren Einfluss auf den Kampf um Gleichheit.

Schlussfolgerung

Rosa Parks ist nicht nur eine Ikone des amerikanischen Bürgerrechtskampfes; sie steht auch für den unermüdlichen Kampf gegen Ungerechtigkeit überall auf der Welt. Ihr Mut an einem kalten Dezemberabend im Jahr 1955 hat nicht nur das Leben vieler Menschen verändert; es hat auch den Weg für zukünftige Generationen geebnet.

Ihr Vermächtnis lehrt uns wichtige Lektionen über den Wert des Widerstands gegen Unterdrückung sowie über die Kraft individueller Handlungen zur Veränderung gesellschaftlicher Normen. Rosa Parks bleibt ein leuchtendes Beispiel dafür, dass eine einzige Person durch Entschlossenheit und Mut einen tiefgreifenden Unterschied machen kann.

DIE GESCHICHTE VON MARTIN LU-THER KING JR.

Einleitung

Martin Luther King Jr. ist eine der bekanntesten und einflussreichsten Figuren der amerikanischen Bürgerrechtsbewegung. Sein unermüdlicher Einsatz für Gleichheit, Gerechtigkeit und Frieden hat nicht nur das Leben vieler Menschen in den USA verändert, sondern auch weltweit Inspiration gegeben. Diese Geschichte beleuchtet Kings Leben, seine Errungenschaften und das Erbe, das er hinterließ.

Kindheit und frühe Jahre

Martin Luther King Jr. wurde am 15. Januar 1929 in Atlanta, Georgia, als Sohn von Martin Luther King Sr. und Alberta Williams King geboren. Er wuchs in einem religiösen Umfeld auf; sein Vater war Pastor der Ebenezer Baptist Church, was einen tiefen Einfluss auf Kings Werte und Überzeugungen hatte.

King besuchte die segregierte Booker T. Washington High-School und zeigte schon früh akademische Begabungen. Er war ein hervorragender Schüler und schloss die Schule mit 15 Jahren ab. Anschließend studierte er an der Morehouse College, wo er seinen Bachelor-Abschluss in Soziologie erwarb.

Ausbildung und Einfluss

Nach seinem Abschluss an Morehouse setzte King seine Ausbildung am Crozer Theological Seminary in Pennsylvania fort, wo er mit verschiedenen philosophischen Strömungen in Berührung kam, darunter die Lehren von Mahatma Gandhi über gewaltfreien Widerstand. Diese Ideen prägten Kings späteren Ansatz im Kampf für Bürgerrechte.

Im Jahr 1955 erhielt King seinen Doktortitel in systematischer Theologie an der Boston University. Während seiner Zeit in Boston lernte er Coretta Scott kennen, die er 1953 heiratete. Gemeinsam hatten sie vier Kinder: Yolanda, Martin III., Dexter und Bernice.

Der Beginn des Aktivismus

Kings Engagement für die Bürgerrechtsbewegung begann ernsthaft im Jahr 1955, als Rosa Parks verhaftet wurde, weil sie sich weigerte, ihren Platz im Bus für einen weißen Passagier zu räumen. Dies führte zum Montgomery Bus Boykott, einer Protestaktion gegen die Rassentrennung im öffentlichen Nahverkehr.

King wurde zum Präsidenten des Montgomery Improvement Association (MIA) gewählt und übernahm eine führende Rolle im Boykott. Unter seiner Leitung dauerte der Boykott über ein Jahr und endete schließlich mit einem Gerichtsurteil, das die Rassentrennung im öffentlichen Nahverkehr für verfassungswidrig erklärte.

Die Gründung der Southern Christian Leadership Conference (SCLC)

Nach dem Erfolg des Montgomery Bus Boykotts gründete King zusammen mit anderen Führern der Bürgerrechtsbewegung die Southern Christian Leadership Conference (SCLC) im Jahr 1957. Diese Organisation sollte gewaltfreien Widerstand fördern und die Bürgerrechtsbewegung im gesamten Süden koordinieren.

King reiste durch das Land, um Reden zu halten und Unterstützung für die Bewegung zu mobilisieren. Seine Fähigkeit, Menschen zu inspirieren und zu motivieren, machte ihn schnell zu einer zentralen Figur im Kampf gegen Rassendiskriminierung.

Der Weg nach Washington D.C.

In den frühen 1960er Jahren nahm Kings Einfluss weiter zu; er organisierte zahlreiche Protestaktionen und Märsche gegen Rassendiskriminierung. Ein Höhepunkt seiner Karriere war der Marsch auf Washington für Arbeit und Freiheit am 28. August 1963.

Vor mehr als 250.000 Menschen hielt King seine berühmte Rede „I Have a Dream" vor dem Lincoln Memorial. In dieser Rede sprach er von seiner Vision einer Zukunft ohne Rassismus und Diskriminierung – einer Zukunft, in der alle Menschen gleich behandelt werden würden.

Herausforderungen und Rückschläge

Trotz seines Erfolgs sah sich King zahlreichen Herausforderungen gegenüber. Er erhielt Drohungen gegen sein Leben und wurde mehrmals verhaftet. Die Gewalt gegen afroamerikanische Aktivisten nahm zu; viele seiner Freunde und Mitstreiter wurden angegriffen oder getötet.

Dennoch blieb King standhaft in seinem Glauben an gewaltfreien Widerstand. Er glaubte fest daran, dass Liebe und Verständnis letztendlich stärker sind als Hass und Gewalt.

Der Nobelpreis für Frieden

Im Jahr 1964 wurde Martin Luther King Jr. mit dem Friedensnobelpreis ausgezeichnet – eine Anerkennung seines unermüdlichen Einsatzes für soziale Gerechtigkeit durch gewaltfreie Mittel. In seiner Dankesrede betonte er die Notwendigkeit des globalen Friedens und der Zusammenarbeit zwischen den Völkern.

Der Preis brachte jedoch auch zusätzlichen Druck mit sich; viele Kritiker forderten von ihm eine radikalere Haltung gegenüber den bestehenden Ungerechtigkeiten.

Fortdauernder Aktivismus

In den späten 1960er Jahren weitete King seinen Aktivismus aus; er begann sich auch mit Themen wie Armut, Arbeitsrechten und dem Vietnamkrieg auseinanderzusetzen. Er gründete die „Poor People's Campaign", um auf die wirtschaftlichen Ungleichheiten aufmerksam zu machen, unter denen viele Afroamerikaner litten.

Sein Engagement führte dazu, dass er zunehmend kritisiert wurde – sowohl von konservativen Politikern als auch von radikalen Aktivisten innerhalb der Bürgerrechtsbewegung.
Der tragische Tod

Am 4. April 1968 wurde Martin Luther King Jr. in Memphis, Tennessee, ermordet, während er dort war, um Arbeiter bei einem Streik zu unterstützen. Sein Tod löste landesweite Trauer aus; viele Menschen waren schockiert über den Verlust eines so wichtigen Führers.

Kings Ermordung führte zu landesweiten Unruhen; viele Städte erlebten Ausschreitungen als Ausdruck des Schmerzes und der Wut über Rassismus und Ungerechtigkeit.
Das Vermächtnis von Martin Luther King Jr.

Martin Luther King Jr.'s Vermächtnis lebt bis heute weiter; sein Einsatz für Gleichheit hat Generationen inspiriert – nicht nur in den USA sondern weltweit. Sein Geburtstag wird seit 1983 als nationaler Feiertag gefeiert (Martin Luther King Jr. Day), um sein Lebenswerk zu würdigen.

Seine Reden werden weiterhin zitiert; seine Philosophie des gewaltfreien Widerstands beeinflusst Bewegungen für soziale Gerechtigkeit auf der ganzen Welt – von Südafrika bis Indien bis hin zur heutigen Black Lives Matter-Bewegung.

Schlussfolgerung

Martin Luther King Jr.'s Leben ist ein eindrucksvolles Beispiel dafür, wie eine Einzelperson durch Mut, Entschlossenheit und Vision einen tiefgreifenden Unterschied machen kann – nicht nur für ihre eigene Gemeinschaft sondern für die gesamte Menschheit.

Sein unermüdlicher Einsatz für Gerechtigkeit lehrt uns wichtige Lektionen über den Wert des Dialogs sowie über die Kraft des gewaltfreien Widerstands gegen Unterdrückung jeglicher Art. Kings Traum von einer gerechten Gesellschaft bleibt ein Ziel für uns alle – ein Ziel, das wir weiterhin verfolgen müssen.

DIE GESCHICHTE VON MARTIN LUTHER KING JR. UND ROSA PARKS: EIN DIALOG ÜBER GERECHTIGKEIT

Einleitung

In den turbulenten Jahren der Bürgerrechtsbewegung in den USA trafen sich zwei der bedeutendsten Figuren dieser Ära: Martin Luther King Jr. und Rosa Parks. Beide waren leidenschaftliche Verfechter der Gleichheit und des gewaltfreien Widerstands gegen Rassendiskriminierung. Diese fiktive Erzählung beschreibt ein Treffen zwischen ihnen, in dem sie über ihre gemeinsamen Ziele philosophieren und die Vision einer gerechten Gesellschaft entwickeln.

Ein unerwartetes Treffen

Es war ein kühler Abend im Jahr 1956, einige Monate nach dem Montgomery Bus Boykott. Rosa Parks saß in ihrem kleinen Wohnzimmer in Montgomery, Alabama, als es an der Tür klopfte. Sie öffnete die Tür und fand Martin Luther King Jr. vor sich, der mit einem warmen Lächeln und einem Stapel Bücher in der Hand stand.

„Guten Abend, Frau Parks", sagte er freundlich. „Ich hoffe, ich störe Sie nicht."

„Ganz im Gegenteil, Dr. King", antwortete sie und bat ihn herein. „Ich freue mich über Ihren Besuch."

Sie setzten sich zusammen und begannen zu plaudern. Die Gespräche drehten sich schnell um die Herausforderungen, denen sie gegenüberstanden, und die Hoffnungen, die sie für die Zukunft hatten.

Der Traum von Gleichheit

„Rosa", begann King nach einer Weile nachdenklich, „ich habe oft darüber nachgedacht, was wir erreichen wollen. Es geht nicht nur darum, Gesetze zu ändern; es geht darum, das Herz der Menschen zu verändern."

Parks nickte zustimmend. „Das stimmt. Wir müssen den Menschen zeigen, dass wir alle gleich sind – unabhängig von Hautfarbe oder Herkunft. Aber wie erreichen wir das?"

King lehnte sich zurück und dachte nach. „Ich glaube an die Kraft der Liebe und des gewaltfreien Widerstands. Wenn wir unsere Botschaft mit Mitgefühl und Verständnis verbreiten können, werden wir mehr Herzen gewinnen als mit Wut oder Gewalt."

„Aber was ist mit denjenigen, die uns nicht hören wollen? Diejenigen, die uns mit Hass begegnen?" fragte Parks.

„Wir müssen geduldig sein", antwortete King entschlossen. „Wir müssen bereit sein zu kämpfen – aber auf eine Weise, die unsere Menschlichkeit bewahrt."

Die Philosophie des gewaltfreien Widerstands

Im Laufe des Abends vertieften sie ihre Diskussion über gewaltfreien Widerstand. Parks erzählte von ihrer eigenen Erfahrung im Bus und wie wichtig es war, standhaft zu bleiben.

„Als ich mich weigerte aufzustehen", sagte sie leise, „war das nicht nur ein persönlicher Akt des Widerstands; es war ein Symbol für all jene, die unterdrückt wurden."

King nickte zustimmend. „Genau! Jeder kleine Akt des Mutes kann eine Welle der Veränderung auslösen. Wir müssen diese Welle nutzen."

Sie sprachen über Mahatma Gandhi und seine Philosophie des gewaltfreien Widerstands – wie er Indien zur Unabhängigkeit führte ohne Gewalt anzuwenden.

„Gandhis Ansatz hat mir gezeigt", sagte Parks nachdenklich, „dass wir durch Liebe und Verständnis mehr erreichen können als durch Zorn."

Die Vision einer gerechten Gesellschaft

Im Verlauf ihrer Gespräche entwarfen King und Parks eine gemeinsame Vision für eine gerechte Gesellschaft – eine Welt ohne Rassismus und Diskriminierung.

„Stellen Sie sich vor", begann King begeistert, „eine Zukunft in der Kinder verschiedener Hautfarben zusammen spielen können – ohne Vorurteile oder Angst voreinander."

Parks lächelte bei dem Gedanken. „Und wo jeder Mensch Zugang zu Bildung hat – unabhängig von seiner Herkunft oder Hautfarbe."

„Ja! Und wo jeder Mensch das Recht hat zu träumen", fügte King hinzu.

Sie diskutierten auch über wirtschaftliche Gerechtigkeit und soziale Gleichheit – Themen, die oft übersehen wurden.

„Es reicht nicht aus, nur gegen Rassismus zu kämpfen", erklärte Parks leidenschaftlich. „Wir müssen auch für wirtschaftliche Chancengleichheit eintreten."

Der Weg zur Umsetzung

Nach stundenlangen Gesprächen waren sie sich einig: Um ihre Vision Wirklichkeit werden zu lassen, mussten sie gemeinsam handeln.

„Wir sollten unsere Kräfte bündeln", schlug King vor. „Gemeinsam können wir mehr Menschen erreichen."

Parks stimmte zu: „Wir könnten Workshops organisieren, um andere über gewaltfreien Widerstand aufzuklären – um ihnen zu zeigen, dass Veränderung möglich ist."

Sie planten Veranstaltungen in Schulen und Gemeinden sowie öffentliche Versammlungen zur Sensibilisierung für Bürgerrechte.

Der Einfluss ihrer Zusammenarbeit

In den folgenden Monaten arbeiteten King und Parks eng zusammen; ihre Partnerschaft inspirierte viele andere Aktivisten innerhalb der Bürgerrechtsbewegung.

Durch ihre Workshops lernten viele Menschen über gewaltfreien Widerstand; sie mobilisierten Unterstützer für den Montgomery

Bus Boykott und andere Aktionen gegen Rassendiskriminierung.

Die Botschaft von Liebe und Verständnis breitete sich aus; immer mehr Menschen schlossen sich dem Kampf für Gleichheit an.

Das Vermächtnis ihrer Philosophie

Jahre später wurde klar: Die Ideen von Martin Luther King Jr. und Rosa Parks hatten einen tiefgreifenden Einfluss auf die Bürgerrechtsbewegung in den USA.

Ihr gemeinsames Engagement führte zur Gründung der Southern Christian Leadership Conference (SCLC) sowie zur Organisation des Marsches auf Washington im Jahr 1963 – einem historischen Moment in der Geschichte Amerikas.

Die Prinzipien des gewaltfreien Widerstands wurden zum Leitfaden für viele zukünftige Bewegungen weltweit; Kings berühmte Rede „I Have a Dream" wurde zum Symbol für Hoffnung und Veränderung.

Schlussfolgerung

Die philosophischen Gespräche zwischen Martin Luther King Jr. und Rosa Parks waren nicht nur persönliche Begegnungen; sie waren Wegbereiter für eine Bewegung voller Mut und Entschlossenheit.

Ihre Vision einer gerechten Gesellschaft lebt bis heute weiter; ihr Erbe inspiriert weiterhin Generationen im Kampf gegen Ungerechtigkeit überall auf der Welt.

Durch ihren Dialog erkannten sie nicht nur ihre gemeinsamen Ziele sondern auch die Kraft des Zusammenhalts im Streben nach Freiheit – eine Lektion für uns alle in Zeiten des Wandels.

DIE GESCHICHTE VON MAHATMA GANDHI

Einleitung

Mahatma Gandhi, auch bekannt als der „Vater der Nation" in Indien, war eine der einflussreichsten Persönlichkeiten des 20. Jahrhunderts. Sein unermüdlicher Einsatz für Frieden, Gerechtigkeit und gewaltfreien Widerstand hat nicht nur Indien, sondern die gesamte Welt inspiriert. Diese Geschichte beleuchtet Gandhis Leben, seine Errungenschaften und das Erbe, das er hinterließ.

Kindheit und frühe Jahre

Mohandas Karamchand Gandhi wurde am 2. Oktober 1869 in Porbandar, einer Küstenstadt im heutigen Gujarat, geboren. Er wuchs in einer wohlhabenden Familie auf; sein Vater war ein hoher Beamter im Staatsdienst und seine Mutter war eine fromme Hinduistin. Die religiöse Erziehung seiner Mutter prägte Gandhis Werte und Überzeugungen von klein auf.

Gandhi besuchte die lokale Schule und zeigte schon früh Interesse an Bildung. Im Alter von 13 Jahren wurde er verheiratet – eine gängige Praxis zu dieser Zeit – und hatte mit seiner Frau Kasturba vier Kinder. Nach dem Abschluss der Schule reiste er nach London, um Rechtswissenschaften zu studieren.

Ausbildung in England

In London angekommen, stellte sich Gandhi vielen Herausforderungen. Er fühlte sich oft isoliert und kämpfte mit den kulturellen Unterschieden zwischen Indien und England. Dennoch schloss er sein Studium erfolgreich ab und erhielt 1891 seinen Abschluss als Anwalt.

Während seiner Zeit in London begann Gandhi, sich intensiver mit verschiedenen philosophischen Strömungen auseinanderzusetzen, darunter die Lehren von Henry David Thoreau über zivilen Ungehorsam sowie die Ideen von Leo Tolstoi über Gewaltlosigkeit.

Erste Erfahrungen in Südafrika

Nach seinem Studium kehrte Gandhi nach Indien zurück, fand jedoch schnell heraus, dass es schwierig war, als Anwalt Fuß zu fassen. Im Jahr 1893 erhielt er ein Angebot für einen Job in Südafrika, wo er die indische Gemeinschaft vertreten sollte.

In Südafrika erlebte Gandhi zum ersten Mal Rassendiskriminierung hautnah. Als ihm der Zugang zu einem Zugabteil aufgrund seiner Hautfarbe verweigert wurde, beschloss er, gegen diese Ungerechtigkeiten zu kämpfen. Dies führte zur Gründung der „Indian National Congress" (INC) und zur Entwicklung seiner Philosophie des gewaltfreien Widerstands.

Der gewaltfreie Widerstand

Gandhi entwickelte die Methode des gewaltfreien Widerstands oder „Satyagraha", was so viel wie „Festhalten an der Wahrheit" bedeutet. Diese Philosophie basierte auf dem Glauben an die Kraft der Wahrheit und Liebe als Mittel zur Bekämpfung von Ungerechtigkeit.

Er organisierte Proteste gegen diskriminierende Gesetze in Südafrika und mobilisierte die indische Gemeinschaft zur

Verteidigung ihrer Rechte. Seine Bemühungen führten schließlich zu Verbesserungen für Inder in Südafrika.

Rückkehr nach Indien

Im Jahr 1915 kehrte Gandhi nach Indien zurück und fand ein Land vor, das unter britischer Kolonialherrschaft litt. Die Menschen litten unter Armut, Hunger und Unterdrückung. Gandhi erkannte sofort die Notwendigkeit eines organisierten Widerstands gegen die britische Herrschaft.

Er begann mit verschiedenen Bewegungen zur Förderung von Selbstversorgung (Swadeshi) und forderte die Menschen auf, britische Waren zu boykottieren. Seine Philosophie des gewaltfreien Widerstands gewann schnell an Popularität unter den Massen.

Der Salzmarsch

Einer der bedeutendsten Momente in Gandhis Kampf gegen die britische Herrschaft war der Salzmarsch im Jahr 1930. Um gegen das britische Salzmonopol zu protestieren, marschierte Gandhi mit Tausenden von Anhängern über 240 Meilen zum Meer, um selbst Salz herzustellen.

Dieser Marsch wurde zum Symbol des zivilen Ungehorsams und zog internationale Aufmerksamkeit auf den indischen Unabhängigkeitskampf. Die britischen Behörden reagierten mit Repressionen; viele Aktivisten wurden verhaftet, aber Gandhis Botschaft verbreitete sich weiter.

Der Zweite Weltkrieg und seine Folgen

Während des Zweiten Weltkriegs blieb Gandhi aktiv im Kampf für Indiens Unabhängigkeit. Er forderte die Briten auf, Indien sofort unabhängig zu machen – eine Forderung, die als „Quit India Movement" bekannt wurde.

Die britische Regierung reagierte mit harter Hand; viele Führer des INC wurden verhaftet. Trotz dieser Repression blieb Gandhi standhaft in seinem Glauben an gewaltfreien Widerstand und setzte seine Bemühungen fort.

Die Unabhängigkeit Indiens

Am 15. August 1947 wurde Indien endlich unabhängig von britischer Herrschaft. Dieser historische Moment war das Ergebnis jahrelanger Kämpfe und Opfer vieler Menschen – angeführt von Gandhi und anderen Aktivisten.
Doch die Freude über die Unabhängigkeit wurde durch die Teilung Indiens in zwei Staaten – Indien und Pakistan – getrübt. Diese Teilung führte zu massiven Gewalttaten zwischen Hindus und Muslimen; Millionen Menschen wurden vertrieben oder getötet.

Gandhi setzte sich unermüdlich für Frieden zwischen den beiden Gemeinschaften ein; er reiste durch das Land, um Gewalt zu verhindern und Harmonie wiederherzustellen.

Das Vermächtnis von Mahatma Gandhi

Trotz seiner Bemühungen um Frieden konnte Gandhi nicht verhindern, dass das Land weiterhin unter Spannungen litt. Am 30. Januar 1948 wurde er von Nathuram Godse ermordet – einem radikalen Hindu-Nationalisten, der ihn für seine Politik der Versöhnung verantwortlich machte.

Gandhis Tod löste weltweit Trauer aus; Millionen Menschen erinnerten sich an seinen unermüdlichen Einsatz für Frieden und Gerechtigkeit. Sein Vermächtnis lebt bis heute weiter; seine Philosophie des gewaltfreien Widerstands hat zahlreiche Bewegungen inspiriert – von Martin Luther King Jr.'s Bürgerrechtsbewegung bis hin zu Nelson Mandelas Kampf gegen Apartheid in Südafrika.

Ein bleibendes Erbe

Mahatma Gandhis Leben ist ein eindrucksvolles Beispiel dafür, wie eine Einzelperson durch Mut, Entschlossenheit und Vision einen tiefgreifenden Unterschied machen kann – nicht nur für ihr eigenes Land sondern für die gesamte Menschheit.

Sein unermüdlicher Einsatz für Gerechtigkeit lehrt uns wichtige Lektionen über den Wert des Dialogs sowie über die Kraft des gewaltfreien Widerstands gegen Unterdrückung jeglicher Art. Gandhis Traum von einer gerechten Gesellschaft bleibt ein Ziel für uns alle – ein Ziel, das wir weiterhin verfolgen müssen.

Schlussfolgerung

Mahatma Gandhis Geschichte ist nicht nur eine Geschichte über den Kampf um Freiheit; sie ist auch eine Geschichte über Menschlichkeit, Mitgefühl und den Glauben an das Gute im Menschen. Sein Leben erinnert uns daran, dass wahre Veränderung aus dem Herzen kommt – durch Liebe statt Hass und durch Verständnis statt Gewalt.

DIE GESCHICHTE VON ISAAC NEWTON

Einleitung

Isaac Newton gilt als einer der bedeutendsten Wissenschaftler aller Zeiten. Seine Entdeckungen und Theorien haben die Grundlagen der Physik und Mathematik revolutioniert und das Verständnis des Universums grundlegend verändert. Diese Geschichte beleuchtet Newtons Leben, seine Errungenschaften und das Erbe, das er hinterließ.

Kindheit und frühe Jahre

Isaac Newton wurde am 25. Dezember 1642 in Woolsthorpe, Lincolnshire, England, geboren. Er kam als Sohn eines Landwirts zur Welt, der kurz vor seiner Geburt starb. Seine Mutter, Hannah Ayscough Newton, heiratete erneut und ließ Isaac bei seiner Großmutter zurück, während sie mit ihrem neuen Ehemann in eine andere Stadt zog.

Newton wuchs in bescheidenen Verhältnissen auf und zeigte schon früh eine bemerkenswerte Intelligenz. Im Alter von 12 Jahren wurde er auf die King's School in Grantham geschickt, wo er eine solide Ausbildung erhielt. Während dieser Zeit entwickelte er ein Interesse an Mathematik und Naturwissenschaften.

Studium an der Universität Cambridge

Im Jahr 1661 trat Newton in das Trinity College der Universität Cambridge ein. Dort studierte er Mathematik, Astronomie und Philosophie. Die akademische Umgebung förderte sein Interesse an wissenschaftlichen Fragen und führte ihn zu den Schriften von großen Denkern wie René Descartes und Galileo Galilei.

1665 schloss Newton sein Studium ab, doch die Pestepidemie
zwang die Universität vorübergehend zur Schließung. In dieser
Zeit kehrte er nach Woolsthorpe zurück und widmete sich inten-
siven Studien in Mathematik und Naturwissenschaften.
Die Entdeckung des Kalküls

Während seines Aufenthalts in Woolsthorpe begann Newton mit
seinen bahnbrechenden Arbeiten zur Mathematik. Er entwickelte unabhängig vom deutschen Mathematiker Gottfried Wilhelm Leibniz den Infinitesimalrechnung oder Kalkül – eine Methode zur Analyse von Veränderungen und Bewegungen.

Diese Entdeckung war revolutionär; sie legte den Grundstein für
viele Bereiche der modernen Mathematik und Physik. Obwohl
es später zu einem Streit zwischen Newton und Leibniz über die
Priorität dieser Entdeckung kam, bleibt die Bedeutung des Kalküls unbestritten.

Die Gesetze der Bewegung

Nach seiner Rückkehr nach Cambridge im Jahr 1667 wurde
Newton zum Fellow des Trinity College gewählt. In dieser Zeit
begann er mit seinen Forschungen zur Mechanik. Er formulierte
drei grundlegende Gesetze der Bewegung:

Das Trägheitsgesetz: Ein Körper bleibt in Ruhe oder bewegt sich
gleichförmig geradlinig, solange keine äußere Kraft auf ihn
wirkt.
Das Gesetz der Beschleunigung: Die Änderung der Bewegung
eines Körpers ist proportional zur auf ihn wirkenden Kraft.
Das Wechselwirkungsgesetz: Für jede Aktion gibt es eine gleich
große, entgegengesetzte Reaktion.

Diese Gesetze bildeten die Grundlage für die klassische Mechanik und ermöglichten es Wissenschaftlern, Bewegungen von Objekten präzise zu beschreiben.

Gravitation

Eine der bekanntesten Entdeckungen von Newton war das Gesetz der universellen Gravitation. Der Legende nach hatte er diese Idee entwickelt, als ihm ein Apfel auf den Kopf fiel – was ihn dazu brachte, über die Kräfte nachzudenken, die Objekte anziehen.

Newton formulierte das Gesetz so: Jedes Teilchen im Universum zieht jedes andere Teilchen mit einer Kraft an, die proportional zu ihren Massen ist und umgekehrt proportional zum Quadrat ihrer Entfernung voneinander.

Diese Erkenntnis erklärte nicht nur die Bewegungen von Planeten um die Sonne sondern auch Phänomene wie Ebbe und Flut auf der Erde.

Optik

Neben seinen Arbeiten zur Mechanik machte Newton auch bedeutende Fortschritte in der Optik. Er experimentierte mit Licht und Farben und stellte fest, dass weißes Licht aus verschiedenen Farben besteht – ein Ergebnis seiner berühmten Prismen Experimente.

Im Jahr 1672 veröffentlichte er seine Ergebnisse in dem Werk „Opticks", in dem er seine Theorien über Lichtbrechung darlegte. Diese Arbeit legte den Grundstein für das moderne Verständnis von Licht und Farbe.

Das Werk „Philosophiæ Naturalis Principia Mathematica"

Im Jahr 1687 veröffentlichte Newton sein Hauptwerk „Philosophiæ Naturalis Principia Mathematica" (Mathematische Prinzipien der Naturphilosophie). In diesem Buch fasste er seine Theorien über Bewegung, Gravitation und die Gesetze der Physik
zusammen.

Das Werk gilt als eines der bedeutendsten Bücher in der Wissenschaftsgeschichte; es stellte nicht nur die Grundlagen für die
klassische Mechanik auf sondern beeinflusste auch viele zukünftige Wissenschaftler wie Albert Einstein.

Späte Jahre und politische Karriere

In den folgenden Jahren wurde Newton zunehmend anerkannt;
er erhielt zahlreiche Auszeichnungen für seine wissenschaftlichen Leistungen. Im Jahr 1703 wurde er zum Präsidenten der Royal Society gewählt – einer angesehenen wissenschaftlichen Gesellschaft in England.

Neben seinen wissenschaftlichen Arbeiten engagierte sich
Newton auch politisch; er war Abgeordneter im Parlament von
England und setzte sich für verschiedene Reformen ein. Sein Einfluss erstreckte sich über die Wissenschaft hinaus; er spielte eine
wichtige Rolle bei der Entwicklung des britischen Münzwesens.

Das Vermächtnis von Isaac Newton

Isaac Newton starb am 31. März 1727 im Alter von 84 Jahren in
Kensington, London. Sein Tod hinterließ eine Lücke in der wissenschaftlichen Gemeinschaft; jedoch lebte sein Erbe weiter.

Seine Entdeckungen revolutionierten nicht nur die Physik sondern auch andere Disziplinen wie Astronomie, Ingenieurwesen und Mathematik. Viele seiner Konzepte sind bis heute relevant; sie bilden das Fundament für moderne Wissenschaften.

Newton wird oft als einer der größten Wissenschaftler aller Zeiten bezeichnet – ein Titel, den er durch seine außergewöhnlichen Beiträge zur Menschheit verdient hat.

Ein bleibendes Erbe

Die Auswirkungen von Isaac Newtons Arbeiten sind bis heute spürbar; seine Theorien werden weiterhin gelehrt und angewendet. Der Begriff „Newton" wird nicht nur als Maßeinheit für Kraft verwendet sondern auch als Synonym für wissenschaftliche Exzellenz betrachtet.

Sein Leben erinnert uns daran, dass Neugierde gepaart mit harter Arbeit zu außergewöhnlichen Entdeckungen führen kann – dass jeder Einzelne einen Unterschied machen kann durch Engagement für Wissen und Wahrheit.

Schlussfolgerung

Isaac Newtions Geschichte ist nicht nur eine Geschichte über einen herausragenden Wissenschaftler; sie ist auch eine Geschichte über Entschlossenheit, Kreativität und den unaufhörlichen Drang des Menschen zu verstehen, wie das Universum funktioniert. Sein Lebenswerk inspiriert weiterhin Generationen von Wissenschaftlern sowie Laien weltweit – ein bleibendes Zeugnis seines Genies.

DIE GESCHICHTE VON NIKOLAUS KO-PERNIKUS

Einleitung

Nikolaus Kopernikus, ein Name, der in der Geschichte der Wissenschaft einen besonderen Platz einnimmt. Er war nicht nur Astronom, sondern auch Mathematiker, Arzt und Kirchenmann. Seine revolutionären Ideen über das Universum veränderten die Art und Weise, wie Menschen ihren Platz im Kosmos sahen. Diese Geschichte erzählt von seinem Leben, seinen Errungenschaften und dem Erbe, das er hinterließ.

Die frühen Jahre

Nikolaus Kopernikus wurde am 19. Februar 1473 in Thorn (heute Toruń, Polen) geboren. Er wuchs in einer wohlhabenden Familie auf; sein Vater war ein erfolgreicher Kaufmann. Nach dem Tod seines Vaters kümmerte sich seine Mutter um die Erziehung des jungen Nikolaus und seiner Geschwister. Schon früh zeigte er eine große Neugier für die Naturwissenschaften und die Mathematik.

Im Jahr 1491 begann Kopernikus sein Studium an der Universität Krakau, wo er sich mit Astronomie, Mathematik und Philosophie beschäftigte. Diese Zeit prägte ihn entscheidend und legte den Grundstein für seine späteren Forschungen.

Reisen und Studien

Nach seinem Studium in Krakau reiste Kopernikus nach Italien, um seine Ausbildung fortzusetzen. In Bologna studierte er Astronomie unter dem berühmten Astronomen Domenico Maria

Novara da Ferrara. Hier entwickelte er seine ersten Ideen über das heliozentrische Weltbild – die Vorstellung, dass die Sonne im Zentrum des Universums steht und die Erde sowie andere Planeten sie umkreisen.

Kopernikus setzte seine Studien in Padua fort, wo er Medizin studierte und schließlich als Arzt arbeitete. Diese medizinischen Kenntnisse sollten ihm später bei der Berechnung astronomischer Phänomene helfen.

Die Rückkehr nach Thorn

Nach mehreren Jahren in Italien kehrte Kopernikus 1503 nach Thorn zurück. Dort nahm er eine Position als Kanoniker an der Kathedrale von Frauenburg (heute Frombork) an. Dies gab ihm nicht nur finanzielle Sicherheit, sondern auch die Freiheit, seine astronomischen Forschungen voranzutreiben.

In den folgenden Jahren widmete sich Kopernikus intensiv der Beobachtung des Himmels und der Entwicklung seiner Theorien. Er stellte fest, dass viele der damals gängigen astronomischen Modelle ungenau waren und dass das geozentrische Modell – das besagte, dass die Erde im Zentrum des Universums steht – nicht alle beobachtbaren Phänomene erklären konnte.

Das heliozentrische Modell

Kopernikus' bahnbrechende Idee war das heliozentrische Modell des Universums. In seinem Hauptwerk „De revolutionibus orbium coelestium" (Über die Umläufe der Himmelskörper), veröffentlicht 1543 kurz vor seinem Tod, stellte er dar, dass die Sonne im Mittelpunkt steht und die Planeten – einschließlich der Erde – sie umkreisen.

Diese Theorie widersprach den jahrhundertealten Überzeugungen von Aristoteles und Ptolemäus und stellte das gesamte Weltbild auf den Kopf. Kopernikus argumentierte überzeugend für sein Modell durch präzise mathematische Berechnungen und Beobachtungen.

Widerstand gegen neue Ideen

Obwohl Kopernikus' Theorien revolutionär waren, stießen sie auf erheblichen Widerstand. Viele Gelehrte seiner Zeit konnten sich nicht von den traditionellen Ansichten lösen. Die Kirche betrachtete seine Ideen als Bedrohung für ihre Lehren über das Universum und den Platz des Menschen darin.

Trotz dieser Widerstände fand Kopernikus einige Unterstützer unter den Wissenschaftlern seiner Zeit. Sein Werk beeinflusste viele spätere Astronomen wie Johannes Kepler und Galileo Galilei, die seine Ideen weiterentwickelten.

Der Einfluss auf die Wissenschaft

Die Veröffentlichung von „De revolutionibus" markierte einen Wendepunkt in der Geschichte der Astronomie. Es leitete die wissenschaftliche Revolution ein und veränderte das Verständnis des Menschen über seinen Platz im Universum grundlegend.

Kopernikus' Arbeit führte zu einer neuen Ära des Denkens in der Wissenschaft. Die Idee eines heliozentrischen Systems inspirierte Generationen von Wissenschaftlern dazu, das Universum weiter zu erforschen und neue Entdeckungen zu machen.

Das Erbe von Nikolaus Kopernikus

Nikolaus Kopernikus starb am 24. Mai 1543 in Frauenburg. Sein Erbe lebt bis heute weiter; er gilt als einer der Begründer der modernen Astronomie. Seine Theorien führten zur Entwicklung neuer wissenschaftlicher Methoden und zur Etablierung eines rationalen Ansatzes zur Erforschung des Universums.

Sein Einfluss erstreckt sich über die Grenzen der Astronomie hinaus; er hat auch philosophische Diskussionen angestoßen über den Platz des Menschen im Kosmos und die Beziehung zwischen Wissenschaft und Religion.

Gedenken an einen Visionär

In vielen Städten gibt es Denkmäler zu Ehren von Nikolaus Kopernikus; Schulen und Institutionen tragen seinen Namen als Zeichen seines bedeutenden Beitrags zur Wissenschaft. Jedes Jahr wird sein Geburtstag gefeiert, um an seine Errungenschaften zu erinnern.

Sein Leben ist ein Beispiel dafür, wie Neugierde, Mut zum Denken außerhalb konventioneller Grenzen und Hingabe an die Wissenschaft dazu führen können, dass wir unser Verständnis von der Welt erweitern.

Fazit

Nikolaus Kopernikus war mehr als nur ein Astronom; er war ein Pionier des Denkens, dessen Ideen eine ganze Epoche prägten. Sein mutiger Schritt weg vom geozentrischen Weltbild hin zum heliozentrischen Modell hat nicht nur die Astronomie revolutioniert, sondern auch unser Verständnis vom Universum nachhaltig verändert. Sein Vermächtnis inspiriert weiterhin Forscher weltweit dazu, Fragen zu stellen und neue Wege zu beschreiten – ganz im Sinne seines eigenen Lebenswerks.

DIE GESCHICHTE VON ALBERT EINSTEIN

Einleitung

Albert Einstein, ein Name, der in der Welt der Wissenschaft und darüber hinaus legendär ist. Er revolutionierte unser Verständnis von Raum, Zeit und Gravitation. Seine Theorien haben nicht nur die Physik verändert, sondern auch das gesamte Weltbild des 20. Jahrhunderts geprägt. Diese Geschichte erzählt von seinem Leben, seinen Errungenschaften und dem Erbe, das er hinterließ.

Die frühen Jahre

Albert Einstein wurde am 14. März 1879 in Ulm, im Königreich Württemberg (heute Deutschland), geboren. Er war das erste Kind von Hermann und Pauline Einstein. Die Familie zog bald nach München, wo sein Vater und sein Onkel eine Elektrotechnikfirma gründeten. Schon in seiner Kindheit zeigte Albert eine außergewöhnliche Neugier für die Naturwissenschaften und Mathematik.

Einstein hatte jedoch Schwierigkeiten in der Schule. Er war ein unkonventioneller Schüler, der oft mit den autoritären Lehrmethoden seiner Lehrer in Konflikt geriet. Trotz dieser Herausforderungen entwickelte er eine Leidenschaft für das Lernen und las viel über Wissenschaft und Philosophie.

Bildung und frühe Einflüsse

Im Jahr 1894 zog die Familie Einstein nach Mailand, während Albert in München blieb, um seine Schulausbildung abzuschließen. Nach einem gescheiterten Versuch, an der Technischen Hochschule in Zürich aufgenommen zu werden, besuchte er eine andere Schule in Aarau, Schweiz. Dort fand er einen Lehrer, der seine Interessen förderte und ihm half, seine Liebe zur Mathematik zu vertiefen.

1896 schloss Einstein die Schule ab und trat schließlich an die Eidgenössische Technische Hochschule (ETH) in Zürich ein. Während seines Studiums lernte er viele bedeutende Wissenschaftler kennen und entwickelte enge Freundschaften mit Kommilitonen wie Michele Besso.

Der Weg zum Physiker

Nach seinem Abschluss im Jahr 1900 hatte Einstein Schwierigkeiten, eine feste Anstellung zu finden. Schließlich erhielt er 1902 eine Position im Patentamt in Bern als technischer Prüfer. Diese Arbeit gab ihm genügend Freizeit, um sich intensiv mit physikalischen Theorien zu beschäftigen.

In dieser Zeit begann er, seine eigenen Ideen zu entwickeln. 1905 veröffentlichte er vier bahnbrechende Arbeiten in den „Annalen der Physik", die als „Annus Mirabilis" (Wunderjahr) bekannt wurden. Diese Arbeiten behandelten die photoelektrische Effekte, Brown'sche Bewegung sowie die spezielle Relativitätstheorie.

Die spezielle Relativitätstheorie

Die spezielle Relativitätstheorie stellte die Vorstellung von Raum und Zeit auf den Kopf. Sie besagt unter anderem, dass die Lichtgeschwindigkeit konstant ist und unabhängig von der Bewegung des Beobachters bleibt. Eine ihrer berühmtesten

Gleichungen ist E=mc² – die Beziehung zwischen Energie (E), Masse (m) und Lichtgeschwindigkeit (c).

Diese Theorie revolutionierte nicht nur die Physik; sie beeinflusste auch Philosophie und Kunst des 20. Jahrhunderts erheblich. Sie stellte grundlegende Annahmen über das Universum infrage und führte zu einem neuen Verständnis von Raum-Zeit-Kontinuum.

Der Aufstieg zur Berühmtheit

Nach dem Erfolg seiner ersten Arbeiten wurde Einstein schnell bekannt. Im Jahr 1909 wurde er Professor für theoretische Physik an der Universität Zürich. In den folgenden Jahren hielt er Vorträge auf internationalen Konferenzen und wurde Mitglied verschiedener wissenschaftlicher Gesellschaften.

1915 präsentierte Einstein seine allgemeine Relativitätstheorie – eine Erweiterung seiner speziellen Relativitätstheorie, die Gravitation als Krümmung von Raum-Zeit beschreibt. Diese Theorie erklärte Phänomene wie die Ablenkung des Lichts durch Gravitation und lieferte neue Einsichten in das Verhalten von Planetenbahnen.

Der Nobelpreis

Im Jahr 1921 erhielt Albert Einstein den Nobelpreis für Physik „für seine Erklärung des photoelektrischen Effekts". Obwohl seine Relativitätstheorien weithin anerkannt waren, war es diese Arbeit über den photoelektrischen Effekt – ein Experiment zur Untersuchung des Lichts als Teilchen – die ihm den Preis einbrachte.

Der Nobelpreis verlieh ihm nicht nur internationale Anerkennung; er festigte auch seinen Status als einer der größten Wissenschaftler aller Zeiten.

Das Leben im Exil

Mit dem Aufstieg des Nationalsozialismus in Deutschland sah sich Einstein gezwungen, sein Heimatland zu verlassen. Als jüdischer Wissenschaftler war er Ziel antisemitischer Angriffe und musste 1933 nach Princeton, New Jersey emigrieren.

In Princeton nahm er eine Professur am Institute for Advanced Study an und lebte dort bis zu seinem Tod im Jahr 1955. Während dieser Zeit setzte er seine Forschung fort und engagierte sich aktiv für soziale Gerechtigkeit sowie gegen Militarismus.

Ein Mensch mit Visionen

Einstein war nicht nur ein brillanter Wissenschaftler; er war auch ein leidenschaftlicher Verfechter des Friedens und der Menschenrechte. Er sprach sich gegen Krieg aus und setzte sich für Abrüstung ein. Sein Engagement für soziale Themen machte ihn zu einer wichtigen Stimme seiner Zeit.

Er war auch ein Befürworter des Zionismus und unterstützte den Aufbau einer jüdischen Heimat in Palästina. Sein humanistisches Denken prägte viele seiner Ansichten über Wissenschaft und Gesellschaft.

Das Vermächtnis eines Genies

Albert Einsteins Einfluss auf die Wissenschaft ist unermesslich; seine Theorien haben nicht nur das Verständnis von Physik revolutioniert, sondern auch Technologien hervorgebracht, die unser modernes Leben prägen – von GPS-Systemen bis hin zur Kernenergie.

Sein Lebenswerk hat Generationen von Wissenschaftlern inspiriert; viele betrachten ihn als Symbol für Kreativität und intellektuelle Freiheit. Seine Fähigkeit, komplexe Konzepte verständlich zu machen, hat dazu beigetragen, dass Wissenschaft einem breiteren Publikum zugänglich wurde.

Gedenken an einen Visionär

Albert Einstein starb am 18. April 1955 in Princeton im Alter von 76 Jahren. Sein Tod hinterließ eine Lücke in der Welt der Wissenschaft; dennoch lebt sein Erbe weiter durch seine Theorien sowie durch zahlreiche Zitate über Wissen, Frieden und Menschlichkeit.

In vielen Städten gibt es Denkmäler zu Ehren Einsteins; Schulen tragen seinen Namen als Zeichen seines bedeutenden Beitrags zur Wissenschaft und Gesellschaft.

Fazit

Albert Einstein war mehr als nur ein herausragender Physiker; er war ein Denker mit einer tiefen menschlichen Perspektive auf das Leben selbst. Seine Entdeckungen haben nicht nur unsere Sicht auf das Universum verändert; sie haben auch gezeigt, wie wichtig es ist, Fragen zu stellen und neugierig zu bleiben – Eigenschaften, die uns alle inspirieren sollten.

DIE GESCHICHTE VON ROSALIND FRANKLIN

Einleitung

Rosalind Franklin, eine der bedeutendsten Wissenschaftlerinnen des 20. Jahrhunderts, ist vor allem für ihre entscheidenden Beiträge zur Entdeckung der DNA-Struktur bekannt. Trotz ihrer herausragenden Leistungen wurde sie zu Lebzeiten oft übersehen und erst posthum gewürdigt. Diese Geschichte erzählt von ihrem Leben, ihren Errungenschaften und dem Erbe, das sie hinterlassen hat.

Die frühen Jahre

Rosalind Elsie Franklin wurde am 25. April 1920 in London, England, geboren. Sie wuchs in einer wohlhabenden jüdischen Familie auf; ihr Vater war ein erfolgreicher Bankier und ihre Mutter engagierte sich in sozialen Projekten. Rosalind war das zweite von fünf Kindern und zeigte schon früh eine große Neugier für die Naturwissenschaften.

Franklin besuchte die St. Paul's Girls' School in London, wo sie eine hervorragende Schülerin war. Ihre Lehrer ermutigten sie, eine Karriere in den Naturwissenschaften anzustreben, was zu dieser Zeit für Frauen ungewöhnlich war. Nach ihrem Abschluss im Jahr 1938 begann sie ihr Studium an der Universität Cambridge, wo sie Chemie studierte.

Ausbildung und frühe Forschung

An der Universität Cambridge schloss Franklin 1941 mit einem Bachelor-Abschluss ab und arbeitete anschließend als

Forschungsassistentin im Labor von Sir Lawrence Bragg. Dort begann sie mit Röntgenkristallographie – einer Technik zur Untersuchung der Struktur von Molekülen durch die Analyse von Röntgenstrahlen, die an Kristallen gestreut werden.

1942 wechselte Franklin nach Paris, um an der Université de Paris zu arbeiten. Dort vertiefte sie ihre Kenntnisse in der Röntgenkristallographie und entwickelte innovative Techniken zur Analyse von Kohlenstoffstrukturen. Ihre Zeit in Paris war prägend; sie lernte nicht nur viel über Wissenschaft, sondern auch über das Leben in einer Stadt voller kultureller Vielfalt.

Rückkehr nach London

Nach dem Ausbruch des Zweiten Weltkriegs kehrte Franklin 1946 nach London zurück und trat in das Laboratorium für Kohlenstoffforschung am King's College ein. Hier begann sie mit ihrer berühmtesten Arbeit – der Untersuchung der Struktur der DNA.

Franklins Expertise in der Röntgenkristallographie ermöglichte es ihr, hochauflösende Bilder von DNA-Molekülen zu erstellen. Ihre berühmteste Aufnahme, bekannt als „Foto 51", zeigte die charakteristische Doppelhelix Struktur der DNA und lieferte entscheidende Hinweise auf deren Aufbau.

Zusammenarbeit und Konkurrenz

Während ihrer Zeit am King's College arbeitete Franklin eng mit anderen Wissenschaftlern zusammen, darunter Maurice Wilkins. Es gab jedoch Spannungen zwischen den beiden; Wilkins hatte andere Vorstellungen von der Forschung und war nicht immer bereit, Franklins Ergebnisse zu teilen oder anzuerkennen.

In dieser Zeit arbeiteten auch James Watson und Francis Crick an einem Modell der DNA-Struktur. Sie hatten Zugang zu Franklins Daten – insbesondere zu Foto 51 – ohne ihre Zustimmung oder ihr Wissen. Dies führte dazu, dass Watson und Crick schließlich ein Modell entwickelten, das die Struktur der DNA erklärte und dafür 1962 den Nobelpreis erhielt.

Der Durchbruch

Franklins Arbeit war entscheidend für das Verständnis der DNA-Struktur, aber ihre Beiträge wurden lange Zeit nicht ausreichend gewürdigt. Während Watson und Crick als Pioniere gefeiert wurden, blieb Franklin im Hintergrund.

Trotz dieser Herausforderungen setzte Franklin ihre Forschung fort und veröffentlichte mehrere wichtige Arbeiten über die Struktur von Viren und Kohlenstoffmaterialien. Sie wechselte schließlich an das Birkbeck College in London, wo sie weiterhin bahnbrechende Forschungen durchführte.

Die Entdeckung des Virus

In den späten 1950er Jahren konzentrierte sich Franklin auf die Untersuchung von Viren wie dem Tabakmosaikvirus (TMV). Ihre Arbeiten trugen wesentlich zum Verständnis der Virusstruktur bei und zeigten die Bedeutung von RNA bei viralen Infektionen auf.

Franklins Forschungsergebnisse waren wegweisend für die Entwicklung neuer Ansätze zur Bekämpfung von Virusinfektionen und trugen dazu bei, das Wissen über molekulare Biologie erheblich zu erweitern.

Ein Leben voller Herausforderungen

Trotz ihrer wissenschaftlichen Erfolge hatte Franklin mit vielen Herausforderungen zu kämpfen. Als Frau in einer männerdominierten Wissenschaftswelt musste sie oft gegen Vorurteile ankämpfen und sich Gehör verschaffen. Ihr Engagement für die Wissenschaft war unermüdlich; dennoch blieb ihr Name oft im Schatten anderer Wissenschaftler.

Franklin war bekannt für ihren scharfen Verstand sowie ihre Unabhängigkeit im Denken. Sie stellte Fragen und forderte bestehende Theorien heraus – Eigenschaften, die sie zu einer außergewöhnlichen Wissenschaftlerin machten.
Der Kampf gegen Krebs

Im Jahr 1956 wurde bei Rosalind Franklin Eierstockkrebs diagnostiziert. Trotz ihrer Krankheit setzte sie ihre Forschung fort; ihr unermüdlicher Einsatz für die Wissenschaft blieb bis zum Ende ihres Lebens bestehen.

Franklin starb am 16. April 1958 im Alter von nur 37 Jahren an den Folgen ihrer Krankheit. Ihr Tod hinterließ eine Lücke in der wissenschaftlichen Gemeinschaft; viele waren sich bewusst geworden, dass eine brillante Forscherin viel früher hätte anerkannt werden müssen.

Das Vermächtnis von Rosalind Franklin

Rosalind Franklins Beitrag zur Wissenschaft wurde erst Jahrzehnte nach ihrem Tod umfassend gewürdigt. In den letzten Jahren hat sich das Bewusstsein für ihre Rolle bei der Entdeckung der DNA-Struktur erheblich verändert; viele betrachten sie heute als eine Pionierin in ihrem Fachgebiet.

Ihr Lebenswerk hat nicht nur das Verständnis von Genetik revolutioniert; es hat auch dazu beigetragen, Frauen in den Naturwissenschaften Sichtbarkeit zu verleihen und deren Bedeutung hervorzuheben.

Gedenken an eine Visionärin

Heute gibt es zahlreiche Initiativen zur Förderung von Frauen in den Naturwissenschaften sowie Stipendien und Preise zu Ehren Rosalind Franklins. Schulen tragen ihren Namen als Zeichen ihres bedeutenden Beitrags zur Wissenschaftsgeschichte.

Franklin wird oft als Symbol für weibliche Stärke und Intelligenz betrachtet; ihr Leben inspiriert weiterhin Generationen junger Wissenschaftlerinnen weltweit dazu, ihren Träumen nachzugehen und sich gegen Diskriminierung einzusetzen.

Fazit

Rosalind Franklin war mehr als nur eine herausragende Wissenschaftlerin; sie war eine Visionärin mit einem unerschütterlichen Engagement für die Wahrheit in der Wissenschaft. Ihre Entdeckungen haben nicht nur unser Verständnis des Lebens revolutioniert; sie haben auch gezeigt, wie wichtig es ist, Frauen in den Naturwissenschaften sichtbar zu machen und ihnen Gehör zu verschaffen – Eigenschaften, die uns alle inspirieren sollten.

DIE IMAGINÄRE BEGEGNUNG: ROSALIND FRANKLIN, ALBERT EINSTEIN UND ISAAC NEWTON

Es war ein klarer, sonniger Tag im Jahr 2023, als die Zeit und der Raum für einen kurzen Moment stillzustehen schienen. In einem geheimnisvollen, zeitlosen Raum, der mit den besten Gedanken und Ideen der Menschheit gefüllt war, saßen drei der größten Köpfe der Wissenschaft zusammen: Isaac Newton, Albert Einstein und Rosalind Franklin.

Der Beginn des Gesprächs

Isaac Newton, der in seiner charakteristischen Kleidung des 17. Jahrhunderts gekleidet war, blickte auf die beiden anderen Wissenschaftler. „Ich habe viel über die Gesetze der Bewegung und die Gravitation nachgedacht", begann er mit einer tiefen Stimme. „Meine Theorien haben das Fundament gelegt, auf dem viele wissenschaftliche Entdeckungen basieren. Aber ich frage mich oft, wie sich diese Konzepte in einer Welt verhalten, die sich ständig verändert."

Albert Einstein, in einem lässigen Anzug mit zerzaustem Haar, nickte zustimmend. „Deine Arbeit hat uns gezeigt, dass es universelle Gesetze gibt", sagte er. „Aber ich habe versucht zu zeigen, dass Raum und Zeit nicht absolut sind. Sie sind relativ und hängen von der Geschwindigkeit des Beobachters ab. Die Gravitation ist nicht nur eine Kraft; sie ist eine Krümmung von Raum-Zeit."

Rosalind Franklin, elegant gekleidet und mit einem funkelnden Blick in ihren Augen, hörte aufmerksam zu. „Eure Theorien sind beeindruckend", sagte sie. „Aber ich habe mich mit den kleinsten

Bausteinen des Lebens beschäftigt – den Molekülen. Meine Arbeit an der DNA hat gezeigt, wie komplexe Strukturen aus einfachen Elementen entstehen können."

Der Austausch von Ideen

Newton schaute interessiert auf Franklin. „DNA? Das klingt faszinierend! Was genau hast du entdeckt?"

Franklin lächelte stolz. „Ich habe durch Röntgenkristallographie hochauflösende Bilder von DNA-Molekülen erstellt. Eines meiner bekanntesten Bilder zeigt die Doppelhelix Struktur – eine Form, die das Leben selbst trägt."

Einstein lehnte sich zurück und dachte nach. „Das erinnert mich an meine Überlegungen zur Energie und Materie", sagte er schließlich. „$E=mc^2$ zeigt uns, dass Masse und Energie austauschbar sind. Vielleicht könnte man auch sagen, dass das Leben selbst eine Form von Energie ist – eine dynamische Wechselwirkung zwischen verschiedenen Elementen."

„Genau!", rief Franklin begeistert aus. „Die Struktur der DNA ermöglicht es den Zellen zu kommunizieren und sich anzupassen – sie ist lebendig!"

Die Herausforderungen der Wissenschaft

Newton nickte nachdenklich. „Wissenschaft ist oft ein Kampf gegen Vorurteile und Missverständnisse", bemerkte er. „In meiner Zeit wurde ich oft kritisiert für meine Ideen über Gravitation; viele konnten nicht akzeptieren, dass eine unsichtbare Kraft Objekte beeinflussen kann."

Einstein stimmte zu: „Ja, auch ich hatte meine Kämpfe. Als ich meine Relativitätstheorie vorstellte, wurde ich von vielen als verrückt angesehen. Doch letztendlich haben wir alle unsere eigenen Herausforderungen überwunden.“

Franklin fügte hinzu: „Und als Frau in einer männerdominierten Wissenschaftswelt musste ich oft um Anerkennung kämpfen. Es ist wichtig, dass wir unsere Stimmen erheben und für unsere Entdeckungen einstehen.“

Die Bedeutung von Zusammenarbeit

„Das bringt mich zu einem wichtigen Punkt“, sagte Newton ernsthaft. „Wissenschaft ist nicht nur das Werk eines Einzelnen; sie ist das Ergebnis kollektiver Anstrengungen.“

Einstein nickte zustimmend: „Wir müssen zusammenarbeiten und unser Wissen teilen – nur so können wir die Geheimnisse des Universums entschlüsseln.“

Franklin lächelte bei diesen Worten: „Genau! Wenn wir unsere Perspektiven kombinieren – deine Gesetze der Bewegung, deine Relativitätstheorie und meine Erkenntnisse über das Leben –, können wir vielleicht neue Wege finden, um die Welt zu verstehen.“

Ein Ausblick in die Zukunft

Die drei Wissenschaftler schauten hinaus in den unendlichen Raum voller Sterne und Galaxien.
„Was denkt ihr über die Zukunft der Wissenschaft?“, fragte Franklin neugierig.

Einstein antwortete: „Ich glaube fest daran, dass zukünftige Generationen noch größere Entdeckungen machen werden – vielleicht sogar Dinge verstehen werden, die wir uns heute nicht einmal vorstellen können."

Newton fügte hinzu: „Und es wird wichtig sein sicherzustellen, dass jeder Zugang zu diesen Erkenntnissen hat – unabhängig von Geschlecht oder Herkunft."

Franklin nickte zustimmend: „Wissenschaft sollte inklusiv sein; jeder sollte die Möglichkeit haben zu forschen und zu entdecken."

Der Abschied

Als das Gespräch weiterging und die Zeit verging wie im Flug, spürten sie alle drei eine tiefe Verbundenheit durch ihre Leidenschaft für Wissen.

Schließlich stand Franklin auf und sagte: „Es war mir eine Ehre, mit euch beiden zu sprechen. Lasst uns weiterhin für Wahrheit und Fortschritt kämpfen!"

Newton lächelte weise: „Die Suche nach Wissen endet nie; sie wird immer weitergehen."

Einstein fügte hinzu: „Und solange es Menschen gibt, die Fragen stellen und neugierig bleiben wollen, wird es immer Hoffnung geben."

Mit diesen Worten verabschiedeten sich die drei Pioniere voneinander – jeder kehrte zurück in seine eigene Zeitlinie voller Herausforderungen und Möglichkeiten.

Fazit

Obwohl diese Begegnung nur ein Produkt unserer Vorstellungs-
kraft ist, zeigt sie doch den unaufhörlichen menschlichen Drang
nach Wissen und Verständnis sowie den Wert des Austauschs
zwischen verschiedenen Disziplinen und Perspektiven in der
Wissenschaft. Rosalind Franklin, Albert Einstein und Isaac
Newton stehen symbolisch für den Fortschritt des menschlichen
Wissens – ein Erbe von Neugierde und Zusammenarbeit für
kommende Generationen.

DIE GESCHICHTE VON THOMAS ANDREWS, JR.

Einleitung

Thomas Andrews, Jr. ist eine der tragischen Figuren in der Geschichte des berühmtesten Schiffsunglücks des 20. Jahrhunderts – dem Untergang der RMS Titanic. Als Chefingenieur und Architekt des Schiffes spielte er eine entscheidende Rolle bei seiner Konstruktion und war bekannt für seine Hingabe an die Sicherheit und das Wohl seiner Passagiere. Diese Geschichte erzählt von seinem Leben, seinen Errungenschaften und dem Vermächtnis, das er hinterlassen hat.

Die frühen Jahre

Thomas Andrews wurde am 7. Februar 1873 in Comber, einer kleinen Stadt in Nordirland, geboren. Er wuchs in einer wohlhabenden Familie auf; sein Vater war ein erfolgreicher Geschäftsmann und seine Mutter stammte aus einer angesehenen Familie. Schon in jungen Jahren zeigte Thomas großes Interesse an Technik und Ingenieurwesen.

Andrews besuchte die örtliche Schule und zeigte außergewöhnliche Leistungen in Mathematik und Naturwissenschaften. Nach seinem Abschluss entschied er sich, Ingenieurwesen zu studieren, was ihn auf den Weg zu einer Karriere im Schiffbau führte.

Ausbildung und frühe Karriere

Nach seinem Studium begann Andrews seine berufliche Laufbahn bei der Harland & Wolff Werft in Belfast, die für den Bau von Luxuslinern bekannt war. Dort arbeitete er als Trainee und lernte alle Aspekte des Schiffbaus kennen. Seine Leidenschaft für das Ingenieurwesen und sein Engagement für Qualität machten ihn schnell zu einem geschätzten Mitarbeiter.

Im Jahr 1907 wurde Andrews zum Chefingenieur befördert und war maßgeblich an der Planung und Konstruktion mehrerer bedeutender Schiffe beteiligt, darunter die RMS Olympic und die RMS Britannic. Sein technisches Wissen und seine Innovationskraft trugen dazu bei, dass diese Schiffe zu den sichersten ihrer Zeit wurden.

Die RMS Titanic

Die RMS Titanic wurde 1909 in Auftrag gegeben und war das größte Passagierschiff der Welt. Andrews spielte eine zentrale Rolle bei der Gestaltung des Schiffes; er war verantwortlich für viele technische Details sowie für die Sicherheitsmerkmale.

Die Titanic sollte nicht nur luxuriös sein, sondern auch als das sicherste Schiff ihrer Zeit gelten. Andrews setzte sich dafür ein, dass das Schiff mit modernsten Sicherheitsvorkehrungen ausgestattet wurde, darunter wasserdichte Abteilungen und ein fortschrittliches Notfallsystem.

Die Jungfernfahrt

Am 10. April 1912 begann die Titanic ihre Jungfernfahrt von Southampton nach New York City. An Bord waren über 2.200 Passagiere und Besatzungsmitglieder – darunter viele wohlhabende Reisende sowie Einwanderer auf der Suche nach einem besseren Leben.

Andrews war während der Reise sehr aktiv; er überprüfte ständig die technischen Systeme des Schiffs und stellte sicher, dass alles reibungslos funktionierte. Er war bekannt dafür, dass er oft mit Passagieren sprach, um ihre Erfahrungen zu verbessern.

Der Untergang

In der Nacht des 14. April 1912 kollidierte die Titanic mit einem Eisberg im Nordatlantik. Das Schiff begann sofort zu sinken, was Chaos unter den Passagieren auslöste.

Andrews handelte schnell; er half dabei, Frauen und Kinder in die Rettungsboote zu bringen und versuchte gleichzeitig, so viele Menschen wie möglich zu retten. Trotz seiner eigenen Gefahr blieb er an Bord des sinkenden Schiffs.

Der letzte Akt des Mutes

Als das Wasser weiter anstieg, wusste Andrews, dass es nur noch wenig Zeit gab. Er half weiterhin den Passagieren und gab Anweisungen zur Evakuierung. Viele Überlebende berichteten später von seinem unermüdlichen Einsatz; sie beschrieben ihn als ruhig und gefasst inmitten des Chaos.

Es wird gesagt, dass Andrews zuletzt gesehen wurde, als er einen Raum betrat, um weitere Passagiere zu warnen oder ihnen zu helfen – ein wahrhaft heroischer Akt angesichts der verzweifelten Situation.

Das Vermächtnis von Thomas Andrews

Der Untergang der Titanic forderte über 1.500 Menschenleben – darunter auch Thomas Andrews selbst. Sein Tod hinterließ eine

Lücke in der Welt des Ingenieurwesens; viele waren sich bewusst geworden, dass sie einen talentierten Ingenieur verloren hatten.

Nach dem Unglück wurde Andrews posthum für seinen Mut geehrt; zahlreiche Berichte über seine Heldentaten während des Untergangs machten ihn zu einem Symbol für Selbstlosigkeit und Hingabe.

Erinnerungen an einen Pionier

In den Jahren nach dem Untergang wurden zahlreiche Denkmäler errichtet, um Thomas Andrews zu gedenken. Schulen tragen seinen Namen als Zeichen seines Beitrags zur Schifffahrt sowie seines heldenhaften Verhaltens während der Tragödie.

Sein Lebenswerk hat nicht nur das Verständnis von Sicherheit im Schiffbau revolutioniert; es hat auch gezeigt, wie wichtig es ist, Verantwortung für andere zu übernehmen – Eigenschaften, die uns alle inspirieren sollten.

Die Auswirkungen auf den Schiffbau

Der Untergang der Titanic führte weltweit zu erheblichen Veränderungen im Bereich der Schifffahrtssicherheit. Neue Vorschriften wurden eingeführt; unter anderem mussten Schiffe mit ausreichend Rettungsbooten ausgestattet werden – eine Maßnahme, die direkt auf die Tragödie zurückzuführen ist.

Andrews' Vision eines sicheren Schiffslebens bleibt bis heute relevant; sein Erbe lebt weiter durch die kontinuierlichen Bemühungen um Sicherheit auf See.

Fazit

Thomas Andrews Jr. war mehr als nur ein talentierter Ingenieur;
er war ein Mensch mit einem tiefen Sinn für Verantwortung gegenüber anderen. Sein unermüdlicher Einsatz während des Untergangs der Titanic macht ihn zu einer tragischen Figur in der
Geschichte – aber auch zu einem Symbol für Mut und Selbstlosigkeit.

Sein Leben erinnert uns daran, dass wahre Größe oft im Angesicht von Widrigkeiten sichtbar wird – eine Lektion für zukünftige Generationen von Wissenschaftlern, Ingenieuren und Menschen überall auf der Welt.

DIE GESCHICHTE DER OLYMPIC-KLASSE: RMS TITANIC, RMS BRITANNIC UND RMS OLYMPIC

Einleitung

Die Olympic-Klasse war eine Gruppe von drei berühmten Passagierschiffen, die zu Beginn des 20. Jahrhunderts von der Harland & Wolff Werft in Belfast, Nordirland, gebaut wurden. Diese Schiffe – die RMS Olympic, die RMS Titanic und die HMHS Britannic – sind nicht nur für ihre Größe und ihren Luxus bekannt, sondern auch für ihre tragischen Geschichten. Diese Erzählung beleuchtet die Entstehung dieser Schiffe, ihre Errungenschaften und die Gründe für ihre Untergänge.

Die Vision hinter der Olympic-Klasse

In den frühen 1900er Jahren war die transatlantische Schifffahrt ein florierendes Geschäft. Reedereien konkurrierten um Passagiere und Prestige, indem sie immer größere und luxuriösere Schiffe bauten. Die White Star Line beauftragte Harland & Wolff mit dem Bau einer neuen Klasse von Schiffen, die sowohl Komfort als auch Geschwindigkeit bieten sollten.

Die Vision hinter der Olympic-Klasse war es, das größte und luxuriöseste Passagierschiff der Welt zu schaffen. Jedes Schiff sollte nicht nur als Transportmittel dienen, sondern auch als schwimmendes Hotel mit erstklassigen Annehmlichkeiten.

Der Bau der RMS Olympic

Die RMS Olympic wurde am 16. Dezember 1908 auf der Harland & Wolff Werft in Belfast vom Stapel gelassen. Mit einer Länge von 882 Fuß (269 Meter) und einem Gewicht von über 45.000 Tonnen war sie das größte Schiff ihrer Zeit. Die Olympic wurde am 14. Juni 1911 in Dienst gestellt und machte sofort Schlagzeilen für ihren Luxus und ihre Ausstattung.

Das Schiff verfügte über elegante Salons, ein Schwimmbad, ein Fitnessstudio und zahlreiche Kabinen mit modernsten Annehmlichkeiten. Die Olympic wurde schnell zum Flaggschiff der White Star Line und setzte neue Maßstäbe für den Komfort auf See.

Die Jungfernfahrt der Titanic

Nach dem Erfolg der Olympic begann Harland & Wolff mit dem Bau ihres Schwesterschiffs, der RMS Titanic. Am 31. Mai 1911 wurde die Titanic vom Stapel gelassen und trat am 10. April 1912 ihre Jungfernfahrt an.

Die Titanic war noch luxuriöser als die Olympic; sie bot eine Vielzahl von Annehmlichkeiten wie ein Café Parisien, eine Bibliothek und einen großen Speisesaal im Edwardianischen Stil. Das Schiff galt als unsinkbar dank seiner innovativen Konstruktion mit wasserdichten Abteilungen.

Der Untergang der Titanic

Am Abend des 14. April 1912 kollidierte die Titanic mit einem Eisberg im Nordatlantik während ihrer Jungfernfahrt nach New York City. Innerhalb weniger Stunden sank das Schiff, was zu einem der schlimmsten maritimen Unglücke in der Geschichte führte – über 1.500 Menschen verloren ihr Leben.

Der Untergang wurde durch mehrere Faktoren verursacht: unzureichende Rettungsboote für alle Passagiere, menschliches

Versagen bei der Navigation sowie das Fehlen eines adäquaten Notfallsystems trugen zur Tragödie bei.

Die Britannic – Ein zweiter Versuch

Nach dem Untergang der Titanic wurde die Britannic als drittes Schiff der Olympic-Klasse gebaut. Ursprünglich als passagierfähiges Schiff konzipiert, wurde sie während des Ersten Weltkriegs in ein Hospitalschiff umgewandelt.
Die Britannic wurde am 26. Februar 1914 vom Stapel gelassen und trat am 21. November 1916 ihre erste Fahrt an – jedoch nicht ohne Herausforderungen. Während ihrer Dienstzeit als Hospitalschiff rettete sie viele verwundete Soldaten aus dem Kriegsgeschehen.

Der Untergang der Britannic

Am 21. November 1916 sank die Britannic im Ägäischen Meer nach einer Explosion – wahrscheinlich durch eine Mine oder einen Torpedo eines U-Bootes. Glücklicherweise waren viele Sicherheitsvorkehrungen getroffen worden; das Schiff hatte mehr Rettungsboote als erforderlich und konnte so viele Menschen wie möglich retten.

Trotz dieser Maßnahmen starben etwa 30 Menschen bei diesem Unglück; es war jedoch ein bemerkenswerter Unterschied zum Untergang der Titanic, da viele Passagiere gerettet werden konnten.

Die Auswirkungen auf den Schiffsverkehr

Der Untergang der Titanic führte weltweit zu erheblichen Veränderungen in den Vorschriften zur Schifffahrtssicherheit. Es wurden neue internationale Standards eingeführt; unter anderem mussten Schiffe mit ausreichend Rettungsbooten ausgestattet werden – eine Maßnahme direkt aus den Lehren des Unglücks abgeleitet.

Die Britannic hingegen zeigte während ihrer letzten Reise die Bedeutung von Sicherheitsvorkehrungen auf; ihr relativ geringer Verlust an Menschenleben im Vergleich zur Titanic wird oft als Beispiel für effektive Notfallmaßnahmen angeführt.

Das Vermächtnis der Olympic-Klasse

Die RMS Olympic blieb bis zur Stilllegung im Jahr 1935 in Betrieb und erlebte zahlreiche erfolgreiche Reisen über den Atlantik hinweg. Sie war Zeugin vieler historischer Ereignisse und trug dazu bei, das Image der White Star Line zu festigen.

Obwohl die Titanic tragisch endete und die Britannic während des Krieges sank, bleibt das Vermächtnis dieser Schiffe bestehen – sie haben nicht nur den Standard für Luxusreisen auf See gesetzt, sondern auch wichtige Lektionen über Sicherheit vermittelt.

Erinnerungen an eine Ära

Heute sind diese drei Schiffe Symbole einer vergangenen Ära des Reisens auf See; sie stehen für den Fortschritt im Ingenieurwesen sowie für den menschlichen Drang nach Entdeckung und Abenteuer.

Museen weltweit zeigen Artefakte aus diesen legendären Schiffen; Filme wie „Titanic" haben dazu beigetragen, das Interesse an ihrer Geschichte lebendig zu halten.

Fazit

Die Geschichten von RMS Titanic, RMS Britannic und RMS Olympic sind mehr als nur Erzählungen über große Schiffe; sie sind Mahnmale für menschliche Ambitionen sowie Tragödien des Lebens auf See. Ihre Errungenschaften im Bereich des Reisens wurden durch schreckliche Unglücke überschattet – doch ihr Erbe lebt weiter in den Herzen jener, die sich an diese beeindruckenden Meisterwerke erinnern wollen.

Diese Schiffe haben nicht nur unsere Vorstellung vom Reisen verändert; sie haben uns auch gelehrt, dass Sicherheit immer oberste Priorität haben sollte – eine Lektion, die bis heute relevant ist.

DIE GESCHICHTE DES SCHIFFS WIL- HELM GUSTLOFF

Einleitung

Die MS Wilhelm Gustloff ist eines der bekanntesten und tragischsten Schiffe in der Geschichte der Seefahrt. Ursprünglich als Passagierschiff für die nationalsozialistische Organisation Kraft durch Freude (KdF) konzipiert, wurde sie zum Symbol für die letzten verzweifelten Fluchtversuche deutscher Zivilisten am Ende des Zweiten Weltkriegs. Diese Erzählung beleuchtet die Entstehung des Schiffs, seine Errungenschaften und die Gründe für seinen tragischen Untergang.

Die Entstehung der Wilhelm Gustloff

Die MS Wilhelm Gustloff wurde in den späten 1930er Jahren von der Deutschen Werft in Hamburg gebaut. Der Bau begann im Jahr 1937, und das Schiff wurde nach dem Schweizer Nationalsozialisten Wilhelm Gustloff benannt, der 1933 ermordet worden war. Die KdF wollte mit diesem Schiff eine neue Ära des Reisens einläuten und den deutschen Bürgern die Möglichkeit bieten, Urlaub auf See zu genießen.

Mit einer Länge von 208 Metern und einer Breite von 25 Metern war die Wilhelm Gustloff ein beeindruckendes Schiff. Es konnte bis zu 1.500 Passagiere befördern und war mit modernen Annehmlichkeiten ausgestattet, darunter Restaurants, ein Schwimmbad und verschiedene Freizeitmöglichkeiten. Das Schiff wurde am 5. Mai 1938 vom Stapel gelassen und trat am 13. März 1939 seine Jungfernfahrt an.

Die ersten Jahre im Dienst

In den ersten Jahren nach ihrer Indienststellung diente die Wilhelm Gustloff hauptsächlich als Kreuzfahrtschiff für deutsche Urlauber. Sie unternahm zahlreiche Reisen in die Ostsee und bot ihren Passagieren luxuriöse Annehmlichkeiten sowie Unterhaltung an Bord. Das Schiff wurde schnell populär und galt als eines der besten Schiffe seiner Zeit.
Mit dem Ausbruch des Zweiten Weltkriegs im September 1939 änderte sich jedoch der Zweck des Schiffs dramatisch. Die Wilhelm Gustloff wurde zunehmend für militärische Zwecke genutzt; sie transportierte Soldaten, Kriegsgefangene und Verwundete zwischen verschiedenen Häfen in Europa.

Der Einsatz während des Krieges

Im Laufe des Krieges wurde die Wilhelm Gustloff mehrmals umgerüstet, um den Anforderungen des Militärs gerecht zu werden. Sie diente nicht nur als Transportmittel für Truppen, sondern auch als Lazarettschiff zur Behandlung verwundeter Soldaten.

Im Jahr 1945, als sich das Ende des Krieges abzeichnete, befand sich das Schiff im Hafen von Gotenhafen (heute Gdynia in Polen). Angesichts der heranrückenden sowjetischen Truppen begannen viele Deutsche, aus Ostpreußen zu fliehen. Die Wilhelm Gustloff sollte eine entscheidende Rolle bei dieser Evakuierung spielen.

Die letzte Fahrt

Am 30. Januar 1945 verließ die Wilhelm Gustloff Gotenhafen mit dem Ziel Kiel. An Bord waren schätzungsweise über 10.000

Menschen – darunter Zivilisten, Frauen und Kinder sowie Soldaten und Verwundete. Dies machte das Schiff überladen; es war weit mehr als seine ursprüngliche Kapazität vorgesehen hatte.

Die Überfahrt verlief zunächst ruhig, doch die Situation an Bord war angespannt. Viele Passagiere waren verängstigt und unsicher über ihre Zukunft; sie hatten alles verloren und suchten verzweifelt nach Sicherheit.

Der Untergang

Am Abend des 30. Januar 1945 entdeckte ein sowjetisches U-Boot namens S-13 die überladene Wilhelm Gustloff im Haff vor Danzig. Kapitän Alexander Marinesko gab den Befehl zum Angriff; er feuerte drei Torpedos ab – zwei davon trafen das Schiff direkt.

Innerhalb weniger Minuten geriet die Wilhelm Gustloff in einen Zustand völliger Panik. Wasser strömte in das Schiff, das aufgrund seiner Überladung schnell sank. Viele Passagiere konnten keine Rettungsboote erreichen oder ertranken in den eisigen Gewässern der Ostsee.

Die Tragödie

Der Untergang der Wilhelm Gustloff gilt als eine der größten maritimen Katastrophen der Geschichte – schätzungsweise starben zwischen 9.000 und 10.000 Menschen bei diesem Unglück, darunter viele Frauen und Kinder.

Die genauen Zahlen sind schwer zu bestimmen, da viele Passagiere nicht registriert waren oder keine offiziellen Aufzeichnungen existieren. Dennoch bleibt klar, dass diese Tragödie eine immense menschliche Verlustbilanz darstellt.

Nachwirkungen des Untergangs

Nach dem Krieg blieb der Untergang der Wilhelm Gustloff lange Zeit ein Tabuthema in Deutschland; viele Überlebende fühlten sich nicht wohl dabei, über ihre Erfahrungen zu sprechen oder wurden von anderen nicht verstanden.

Erst Jahrzehnte später begann man, sich intensiver mit dieser Tragödie auseinanderzusetzen; Bücher, Filme und Dokumentationen wurden produziert, um das Geschehene aufzuarbeiten und den Opfern ein Gesicht zu geben.

Das Vermächtnis der Wilhelm Gustloff

Die Geschichte der Wilhelm Gustloff ist nicht nur eine Erzählung über ein gescheitertes Schiff; sie steht auch symbolisch für die Schrecken des Krieges und die Verzweiflung vieler Menschen auf der Flucht vor Gewalt und Verfolgung.

Das Schicksal dieses Schiffs erinnert uns daran, wie wichtig es ist, aus der Vergangenheit zu lernen – sowohl hinsichtlich menschlicher Tragödien als auch hinsichtlich unserer Verantwortung gegenüber anderen Menschen in Krisenzeiten.

Erinnerungen an eine verlorene Ära

Heute wird die MS Wilhelm Gustloff oft als Mahnmal betrachtet; ihr Untergang ist Teil einer größeren Erzählung über den Zweiten Weltkrieg und dessen Auswirkungen auf Millionen von Menschen weltweit. Gedenkveranstaltungen finden regelmäßig statt; Überlebende erzählen ihre Geschichten weiter, um sicherzustellen, dass solche Tragödien nie vergessen werden.

Fazit

Die Geschichte der MS Wilhelm Gustloff ist eine tragische Erzählung von Hoffnung und Verzweiflung – ein Beispiel dafür, wie Krieg Leben zerstören kann und wie wichtig es ist, Menschlichkeit zu bewahren selbst in den dunkelsten Zeiten.

Obwohl das Schiff selbst längst versunken ist, lebt ihr Vermächtnis weiter durch die Erinnerungen an diejenigen, die an Bord waren – sowohl durch Überlebende als auch durch diejenigen, deren Leben durch diese Katastrophe unwiderruflich verändert wurde.

DIE GESCHICHTE DES SCHIFFS USS ARIZONA

Einleitung

Die USS Arizona (BB-39) ist eines der bekanntesten Schlachtschiffe der United States Navy und ein Symbol für den Eintritt der Vereinigten Staaten in den Zweiten Weltkrieg. Ihr tragisches Schicksal während des Angriffs auf Pearl Harbor am 7. Dezember 1941 hat sie zu einem Mahnmal für die Opfer des Krieges gemacht. Diese Erzählung beleuchtet die Entstehung des Schiffs, seine Errungenschaften und die Gründe für seinen Untergang.

Die Entstehung der USS Arizona

Die USS Arizona wurde im Jahr 1913 in der Brooklyn Navy Yard in New York City auf Kiel gelegt. Sie war das dritte Schiff der Pennsylvania-Klasse und wurde als modernes Schlachtschiff konzipiert, das mit den neuesten Technologien und Waffensystemen ausgestattet war. Der Bau begann am 16. März 1913, und das Schiff wurde am 19. Juni 1915 vom Stapel gelassen.

Mit einer Länge von 608 Fuß (185 Meter) und einer Verdrängung von über 31.000 Tonnen war die Arizona eines der größten und stärksten Schlachtschiffe ihrer Zeit. Sie war mit zwölf 14-Zoll-Geschützen, zahlreichen kleineren Geschützen sowie modernster Feuerleittechnologie ausgestattet.

Die ersten Jahre im Dienst

Nach ihrer Indienststellung am 17. Oktober 1916 wurde die USS Arizona schnell zu einem wichtigen Bestandteil der US Navy. Sie nahm an verschiedenen Übungen und Manövern teil und diente während des Ersten Weltkriegs hauptsächlich als Trainingsschiff.

In den Jahren nach dem Krieg wurde die Arizona modernisiert, um den sich ständig weiterentwickelnden Anforderungen der Marine gerecht zu werden. Sie erhielt neue Radaranlagen, verbesserte Feuerleitsysteme und zusätzliche Panzerung, um ihre Überlebensfähigkeit im Kampf zu erhöhen.

Der Dienst im Pazifik

In den späten 1930er Jahren verlegte die USS Arizona nach Pearl Harbor auf Hawaii, wo sie Teil der Pazifikflotte wurde. Das Schiff spielte eine wichtige Rolle bei der Verteidigung amerikanischer Interessen im Pazifik und nahm an verschiedenen Übungen teil, um sich auf mögliche Konflikte vorzubereiten.

Die Spannungen zwischen den Vereinigten Staaten und Japan nahmen zu, was zu einer verstärkten militärischen Präsenz in der Region führte. Die Arizona war ein Symbol für diese Präsenz und sollte im Falle eines Konflikts eine entscheidende Rolle spielen.

Der Angriff auf Pearl Harbor

Am Morgen des 7. Dezember 1941 kam es zum unerwarteten Angriff japanischer Streitkräfte auf Pearl Harbor. Um etwa 7:48 Uhr starteten japanische Flugzeuge einen massiven Luftangriff auf die amerikanische Marinebasis, wobei sie gezielt Schlachtschiffe und andere militärische Einrichtungen ins Visier nahmen.

Die USS Arizona lag zu diesem Zeitpunkt im Hafen von Pearl Harbor, zusammen mit anderen Schiffen der Pazifikflotte.

Während des Angriffs wurden mehrere Bomben abgeworfen; eine dieser Bomben traf das Schiff direkt in einem kritischen Bereich – dem Munitionslager.

Der Untergang

Der Treffer durch die Bombe führte zu einer gewaltigen Explosion, die das Schiff schwer beschädigte. Innerhalb weniger Minuten geriet die USS Arizona in Flammen; Wasser strömte in das Schiff, während es sank. Von den mehr als 1.400 Besatzungsmitgliedern an Bord starben über 1.100 Männer – ein verheerender Verlust für die US Navy.

Das Bild des sinkenden Schlachtschiffs wurde zum Symbol für den Verlust amerikanischer Leben an diesem Tag und markierte einen Wendepunkt in der Geschichte des Zweiten Weltkriegs.

Die Nachwirkungen des Angriffs

Der Angriff auf Pearl Harbor führte dazu, dass die Vereinigten Staaten offiziell in den Zweiten Weltkrieg eintraten. Präsident Franklin D. Roosevelt hielt seine berühmte Rede „A date which will live in infamy" (Ein Datum, das in Schande leben wird), in der er den Kongress um Kriegserklärung bat.

Die Verluste an Bord der USS Arizona wurden zur Grundlage für viele Gedenkveranstaltungen; das Schiff selbst blieb als Mahnmal erhalten und ist heute Teil des National Memorials USS Arizona in Pearl Harbor.

Das Mahnmal USS Arizona

Nach dem Krieg wurde beschlossen, ein Denkmal für die gefallenen Soldaten der USS Arizona zu errichten. Das Memorial wurde am 30. Mai 1962 eingeweiht und zieht jährlich Millionen von Besuchern an.

Das Denkmal besteht aus einer schwimmenden Struktur über dem Wrack des Schiffs; es bietet einen Ort zum Gedenken an die Opfer des Angriffs sowie eine Möglichkeit zur Reflexion über die Schrecken des Krieges.

Erinnerungen an die Besatzung

Die Geschichten von Überlebenden und Angehörigen der Besatzung sind ein wichtiger Teil des Erbes der USS Arizona. Viele Überlebende berichteten von ihren Erfahrungen während des Angriffs; ihre Berichte sind Zeugnisse von Mut, Kameradschaft und Tragödie.
Diese persönlichen Geschichten wurden in Büchern dokumentiert und dienen dazu, zukünftige Generationen über die Realität des Krieges aufzuklären sowie das Andenken an diejenigen zu bewahren, die ihr Leben verloren haben.

Die Bedeutung der USS Arizona heute

Heute ist die USS Arizona nicht nur ein historisches Denkmal; sie steht auch symbolisch für den Frieden und das Streben nach Verständigung zwischen Nationen. Jedes Jahr kommen Menschen aus aller Welt zusammen, um sich an diesen entscheidenden Moment in der Geschichte zu erinnern.

Das Mahnmal erinnert uns daran, wie wichtig es ist, aus den Fehlern der Vergangenheit zu lernen; es fordert uns auf, Frieden zu fördern und Konflikte durch Dialog statt durch Gewalt zu lösen.

Fazit

Die Geschichte der USS Arizona ist eine tragische Erzählung von Verlust und Heldentum – ein Beispiel dafür, wie Krieg Leben zerstören kann und wie wichtig es ist, Menschlichkeit auch in Zeiten großer Not zu bewahren.

Obwohl das Schiff selbst längst gesunken ist, lebt sein Vermächtnis weiter durch die Erinnerungen an diejenigen, die an Bord waren – sowohl durch Überlebende als auch durch diejenigen, deren Leben durch diese Katastrophe unwiderruflich verändert wurde.

DIE GESCHICHTE DES SCHIFFS ANDREA DORIA

Einleitung

Die SS Andrea Doria war ein italienisches Passagierschiff, das in den 1950er Jahren als eines der luxuriösesten und modernsten Schiffe seiner Zeit galt. Ihr tragischer Untergang am 26. Juli 1956 nach einer Kollision mit dem schwedischen Frachtschiff MS Stockholm ist bis heute eine der bekanntesten maritimen Katastrophen des 20. Jahrhunderts. Diese Erzählung beleuchtet die Entstehung des Schiffs, seine Errungenschaften und die Gründe für seinen Untergang.

Die Entstehung der Andrea Doria

Die SS Andrea Doria wurde von der italienischen Reederei Italia di Navigazione in Auftrag gegeben, um den transatlantischen Passagierverkehr zwischen Europa und Nordamerika zu bedienen. Der Bau begann im Jahr 1950 auf der Werft von Ansaldo in Genua, Italien. Das Schiff wurde nach dem berühmten italienischen Admiral Andrea Doria benannt, der im 16. Jahrhundert lebte und für seine Seefahrtskünste bekannt war.

Mit einer Länge von 1.024 Fuß (311 Meter) und einer Bruttoraumzahl von etwa 29.000 Tonnen war die Andrea Doria eines der größten Schiffe ihrer Zeit. Sie war mit modernster Technologie ausgestattet, darunter ein innovatives Stabilisierungssystem, das dazu beitrug, das Schiff auch bei rauer See stabil zu halten.

Die Jungfernfahrt und erste Jahre im Dienst

Die Andrea Doria wurde am 14. Januar 1953 vom Stapel gelassen
und trat ihre Jungfernfahrt am 2. Oktober 1953 an. Das Schiff
wurde schnell für seinen Luxus und Komfort bekannt; es bot elegante Kabinen, exquisite Restaurants und zahlreiche Freizeitmöglichkeiten wie Schwimmbäder und Lounges.
Das Schiff war besonders bei wohlhabenden Passagieren beliebt
und galt als Symbol für den Glamour des Reisens auf See in den
1950er Jahren. Die Andrea Doria stellte einen direkten Wettbe-
werb zu anderen großen Transatlantikern wie der Queen Mary
und der France dar.

Technische Innovationen

Die Andrea Doria war nicht nur für ihren Luxus bekannt, sondern auch für ihre technischen Innovationen. Sie verfügte über
ein modernes Antriebssystem mit Turbinenantrieb, das eine
Höchstgeschwindigkeit von etwa 23 Knoten ermöglichte – eine
beeindruckende Geschwindigkeit für ein Passagierschiff dieser
Größe.

Darüber hinaus hatte die Andrea Doria ein fortschrittliches Ra-
dar- und Navigationssystem, das es dem Kapitän ermöglichte,
sicher durch dichte Nebel oder schwierige Wetterbedingungen
zu navigieren. Diese Technologien sollten jedoch nicht ausrei-
chen, um das Schiff vor seinem tragischen Schicksal zu bewahren.

Der letzte Sommer

Im Sommer 1956 befand sich die Andrea Doria auf einer regulä-
ren Fahrt von Genua nach New York City. Am Abend des 25. Juli

legte das Schiff in New York an; viele Passagiere waren begeistert von den Annehmlichkeiten an Bord sowie dem erstklassigen Service.

Am nächsten Morgen sollte die Andrea Doria ihre Rückreise nach Europa antreten. Zu diesem Zeitpunkt waren bereits mehrere Warnungen über schlechte Sichtverhältnisse aufgrund von Nebel eingegangen – doch das Schiff setzte seine Reise fort.

Die Kollision

Am Morgen des 26. Juli kam es zur Katastrophe: Die Andrea Doria kollidierte gegen 11:10 Uhr mit dem schwedischen Frachtschiff MS Stockholm vor der Küste von Nantucket, Massachusetts. Die Stockholm hatte die Andrea Doria gerammt; dabei traf sie das Schiff an Steuerbord in einem kritischen Bereich.

Die Kollision führte zu einem massiven Wassereinbruch im Inneren des Schiffs; innerhalb weniger Minuten geriet die Situation außer Kontrolle. Viele Passagiere waren noch in ihren Kabinen oder genossen ihr Frühstück, als das Unglück geschah.

Chaos an Bord

Nach der Kollision brach Chaos an Bord der Andrea Doria aus. Die Besatzung versuchte verzweifelt, die Passagiere zu evakuieren; jedoch waren viele Rettungsboote aufgrund des plötzlichen Wassereinbruchs nicht einsatzbereit oder konnten nicht rechtzeitig abgelassen werden.

Die Besatzung gab Anweisungen zur Evakuierung; viele Passagiere waren jedoch verängstigt und wussten nicht, was sie tun sollten. Einige versuchten verzweifelt, ihre Wertsachen zu retten oder blieben zurück, um andere zu helfen.

Der Untergang

Trotz aller Bemühungen sank die Andrea Doria schließlich um etwa 10:09 Uhr am Morgen des 26. Juli – weniger als zehn Stunden nach der Kollision mit der Stockholm. Von den mehr als 1.700 Menschen an Bord starben insgesamt 46 Personen; viele weitere wurden verletzt oder verloren ihr Leben während der chaotischen Evakuierung.

Das Bild des sinkenden Schiffs wurde zum Symbol für die Gefahren des Reisens auf See sowie für die Tragödien, die sich während solcher Unglücke ereignen können.

Rettungsaktionen

Nach dem Untergang mobilisierten zahlreiche Schiffe in der Nähe sofort Rettungsaktionen; unter ihnen befanden sich auch andere Passagierschiffe sowie Fischerboote aus der Umgebung. Insgesamt konnten mehr als 1.600 Menschen gerettet werden – eine bemerkenswerte Leistung angesichts der Umstände.

Die Überlebenden berichteten später von ihren Erfahrungen während des Unglücks; viele erinnerten sich an den Mut anderer Passagiere sowie an die Verzweiflung während der Evakuierung.

Nachwirkungen und Lehren

Der Untergang der Andrea Doria führte zu umfangreichen Untersuchungen über maritime Sicherheitsstandards sowie zur

Überprüfung bestehender Vorschriften zur Sicherheit auf See. Es wurden neue Richtlinien eingeführt, um sicherzustellen, dass solche Tragödien in Zukunft vermieden werden könnten.

Zudem führte dieser Vorfall dazu, dass viele Reedereien ihre Sicherheitsprotokolle überarbeiteten und neue Technologien entwickelten, um die Sicherheit ihrer Passagiere zu gewährleisten.

Vermächtnis und Erinnerung

Heute gilt die SS Andrea Doria als eines der bedeutendsten Schiffswracks in der Geschichte; sie zieht Taucher aus aller Welt an, die das Wrack erkunden möchten – sowohl wegen seiner historischen Bedeutung als auch wegen seiner Schönheit unter Wasser.

Das Erbe dieses majestätischen Schiffs lebt weiter durch Dokumentationen, Bücher und Filme über den Untergang sowie durch Gedenkveranstaltungen für diejenigen, die ihr Leben verloren haben.

Insgesamt bleibt die Geschichte der SS Andrea Doria eine Mahnung dafür, wie wichtig Sicherheit auf See ist und wie schnell sich das Schicksal wenden kann – selbst für ein so prächtiges Schiff.

DIE GESCHICHTE DES SCHIFFS ESTO-NIA

Einleitung

Die MS Estonia ist eines der bekanntesten und tragischsten Schiffe in der Geschichte der Seefahrt. Ihr Untergang am 28. September 1994, bei dem 852 Menschen ihr Leben verloren, gilt als eine der schlimmsten maritimen Katastrophen des 20. Jahrhunderts. Diese Erzählung beleuchtet die Entstehung des Schiffs, die Erfahrungen der Passagiere und die Umstände, die zu seinem tragischen Untergang führten.

Die Entstehung der MS Estonia

Die MS Estonia wurde in den frühen 1980er Jahren auf der Werft von Meyer in Papenburg, Deutschland, gebaut. Der Bau begann im Jahr 1980, und das Schiff wurde am 2. Februar 1989 vom Stapel gelassen. Es war ursprünglich als Fähre für den Fährdienst zwischen Schweden und Estland konzipiert und sollte eine Verbindung zwischen den beiden Ländern herstellen.

Mit einer Länge von 155 Metern und einer Bruttoraumzahl von etwa 25.000 Tonnen war die MS Estonia ein modernes Passagierschiff, das Platz für bis zu 2.000 Passagiere bot. Das Schiff war mit verschiedenen Annehmlichkeiten ausgestattet, darunter Restaurants, Bars und Einkaufsmöglichkeiten.

Die ersten Jahre im Dienst

Nach ihrer Indienststellung im Jahr 1990 wurde die MS Estonia schnell zu einem beliebten Verkehrsmittel für Reisende zwischen Schweden und Estland. Sie bediente vor allem die Route

zwischen Tallinn (Estland) und Stockholm (Schweden) und
wurde sowohl von Touristen als auch von Einheimischen genutzt.

Das Schiff war bekannt für seine komfortablen Kabinen und die
Möglichkeit, während der Überfahrt verschiedene Freizeitaktivi-
täten zu genießen. In den ersten Jahren ihres Betriebs erlebte die
MS Estonia einen stetigen Anstieg der Passagierzahlen, was ihre
Bedeutung für den regionalen Verkehr unterstrich.

Die letzte Fahrt

Am Abend des 27. September 1994 legte die MS Estonia von
Tallinn ab, um ihre reguläre Fahrt nach Stockholm anzutreten.
An Bord befanden sich etwa 989 Menschen – darunter Passagiere
aus verschiedenen Ländern sowie Besatzungsmitglieder.

Die Stimmung an Bord war entspannt; viele Passagiere genossen
das Essen in den Restaurants oder verbrachten Zeit in den Bars
des Schiffs. Einige waren auf dem Weg zu einem Kurzurlaub in
Schweden oder zurück nach Hause.

Die Bedingungen zur Zeit des Unglücks

Die Wetterbedingungen während der Überfahrt waren zunächst
relativ mild; es gab jedoch Berichte über zunehmenden Wind
und Wellenhöhe im Laufe der Nacht. Viele Passagiere waren
sich dieser Veränderungen nicht bewusst oder unterschätzten
sie.

Gegen Mitternacht begannen einige Passagiere, sich auf ihre Kabinen zurückzuziehen; andere blieben noch in den öffentlichen

Bereichen des Schiffs, um das Nachtleben zu genießen oder sich mit Freunden zu unterhalten.

Der Beginn der Katastrophe

Um etwa 1:00 Uhr am Morgen des 28. September bemerkte die Besatzung ein ungewöhnliches Geräusch – ein lautes Krachen, gefolgt von einem starken Ruck. Dies war das Ergebnis eines massiven Wassereinbruchs durch das Vorschiff des Schiffs; das Wasser strömte schnell in die Fahrzeuggarage.
Die Besatzung versuchte sofort zu reagieren; jedoch stellte sich heraus, dass das Schiff aufgrund seiner Konstruktion anfällig für solche Schäden war. Die Stabilität der MS Estonia wurde schnell beeinträchtigt.

Chaos an Bord

Als das Wasser in das Innere des Schiffs eindrang, brach Panik aus. Viele Passagiere wurden aus dem Schlaf gerissen; sie hatten Schwierigkeiten zu verstehen, was geschah und wie sie reagieren sollten. Die Lautsprecheranlage gab Anweisungen zur Evakuierung aus, doch viele waren verwirrt oder verängstigt.

Die Besatzung versuchte verzweifelt, die Passagiere zu beruhigen und ihnen bei der Evakuierung zu helfen; jedoch waren viele Rettungsboote aufgrund des plötzlichen Wassereinbruchs nicht einsatzbereit oder konnten nicht rechtzeitig abgelassen werden.

Der Untergang

Innerhalb weniger Minuten sank die MS Estonia auf eine Tiefe von etwa 80 Metern im Bottnischen Meerbusen vor der schwedischen Küste. Um etwa 1:50 Uhr sank das Schiff vollständig – weniger als eine Stunde nach dem ersten Wassereinbruch.

Von den fast 1.000 Menschen an Bord überlebten nur 137 Personen; viele ertranken oder wurden durch den kalten Wasserdruck getötet. Der Verlust von Leben war erschütternd und hinterließ tiefe Trauer bei Familienangehörigen und Freunden der Opfer.

Rettungsaktionen

Nach dem Untergang mobilisierten zahlreiche Schiffe in der Nähe sofort Rettungsaktionen; unter ihnen befanden sich auch Fischerboote sowie andere Fähren aus der Region. Die Suche nach Überlebenden begann sofort; jedoch gestaltete sich dies aufgrund der widrigen Wetterbedingungen als äußerst schwierig.

Rettungskräfte arbeiteten unermüdlich daran, so viele Menschen wie möglich zu retten; dennoch blieb die Zahl der Vermissten hoch – viele Leichname wurden nie gefunden.

Nachwirkungen und Lehren

Der Untergang der MS Estonia führte weltweit zu umfangreichen Untersuchungen über maritime Sicherheitsstandards sowie zur Überprüfung bestehender Vorschriften zur Sicherheit auf See. Eine internationale Untersuchungskommission wurde eingerichtet, um die Ursachen des Unglücks zu ermitteln.

Die Ergebnisse zeigten Mängel in Bezug auf Sicherheitsvorkehrungen sowie Konstruktionsfehler am Schiff selbst auf; dies führte dazu, dass neue Richtlinien eingeführt wurden, um sicherzustellen, dass solche Tragödien in Zukunft vermieden werden könnten.

Vermächtnis und Erinnerung

Heute gilt die MS Estonia als eines der bedeutendsten Schiffswracks in der Geschichte; sie zieht Taucher aus aller Welt an, die das Wrack erkunden möchten – sowohl wegen seiner historischen Bedeutung als auch wegen seiner Tragik unter Wasser.

Das Erbe dieses tragischen Unglücks lebt weiter durch Dokumentationen, Bücher und Filme über den Untergang sowie durch Gedenkveranstaltungen für diejenigen, die ihr Leben verloren haben.

Insgesamt bleibt die Geschichte der MS Estonia eine Mahnung dafür, wie wichtig Sicherheit auf See ist und wie schnell sich das Schicksal wenden kann – selbst für ein modernes Passagierschiff.

DIE GESCHICHTE DES SCHIFFS MS HERALD OF FREE ENTERPRISE

Einleitung

Die MS Herald of Free Enterprise ist ein britisches Passagierschiff, das am 6. März 1987 in der Nähe von Zeebrugge, Belgien, sank. Bei diesem tragischen Unglück verloren 193 Menschen ihr Leben, und es gilt als eine der schlimmsten maritimen Katastrophen in der Geschichte des Fährverkehrs. Diese Erzählung beleuchtet die Entstehung des Schiffs, die Erfahrungen der Passagiere und die Umstände, die zu seinem Untergang führten.

Die Entstehung der MS Herald of Free Enterprise

Die MS Herald of Free Enterprise wurde in den frühen 1980er Jahren auf der Werft von Cammell Laird in Birkenhead, England, gebaut. Der Bau begann im Jahr 1985, und das Schiff wurde am 24. Februar 1986 vom Stapel gelassen. Es war für die britische Reederei Townsend Thoresen konzipiert und sollte den Fährdienst zwischen Großbritannien und Kontinentaleuropa bedienen.

Mit einer Länge von 142 Metern und einer Bruttoraumzahl von etwa 8.000 Tonnen war die MS Herald of Free Enterprise ein modernes Passagierschiff, das Platz für bis zu 1.500 Passagiere und 400 Fahrzeuge bot. Das Schiff war mit verschiedenen Annehmlichkeiten ausgestattet, darunter Restaurants, Bars und Einkaufsmöglichkeiten.

Die ersten Jahre im Dienst

Nach ihrer Indienststellung im Jahr 1986 wurde die MS Herald of Free Enterprise schnell zu einem beliebten Verkehrsmittel für Reisende zwischen Großbritannien und Belgien. Sie bediente vor allem die Route zwischen Dover (England) und Zeebrugge (Belgien) und wurde sowohl von Touristen als auch von Einheimischen genutzt.

Das Schiff war bekannt für seine schnellen Überfahrten und den Komfort an Bord; viele Passagiere schätzten die Möglichkeit, während der Überfahrt verschiedene Freizeitaktivitäten zu genießen. In den ersten Monaten ihres Betriebs erlebte die MS Herald of Free Enterprise einen stetigen Anstieg der Passagierzahlen.

Die letzte Fahrt

Am Abend des 6. März 1987 legte die MS Herald of Free Enterprise von Zeebrugge ab, um ihre reguläre Fahrt nach Dover anzutreten. An Bord befanden sich etwa 540 Menschen – darunter Passagiere aus verschiedenen Ländern sowie Besatzungsmitglieder.

Die Stimmung an Bord war entspannt; viele Passagiere genossen das Essen in den Restaurants oder verbrachten Zeit in den Bars des Schiffs. Einige waren auf dem Weg zu einem Kurzurlaub oder zurück nach Hause.

Die Bedingungen zur Zeit des Unglücks

Die Wetterbedingungen während der Überfahrt waren relativ mild; es gab jedoch Berichte über zunehmenden Wind und

Wellenhöhe im Laufe der Nacht. Viele Passagiere waren sich dieser Veränderungen nicht bewusst oder unterschätzten sie.
Gegen Mitternacht begannen einige Passagiere, sich auf ihre Kabinen zurückzuziehen; andere blieben noch in den öffentlichen Bereichen des Schiffs, um das Nachtleben zu genießen oder sich mit Freunden zu unterhalten.

Der Beginn der Katastrophe

Um etwa 19:00 Uhr bemerkte die Besatzung ein ungewöhnliches Geräusch – ein lautes Krachen gefolgt von einem starken Ruck. Dies war das Ergebnis eines massiven Wassereinbruchs durch das Vorschiff des Schiffs; das Wasser strömte schnell in die Fahrzeuggarage.

Die Besatzung versuchte sofort zu reagieren; jedoch stellte sich heraus, dass das Schiff aufgrund seiner Konstruktion anfällig für solche Schäden war. Die Stabilität der MS Herald of Free Enterprise wurde schnell beeinträchtigt.

Chaos an Bord

Als das Wasser in das Innere des Schiffs eindrang, brach Panik aus. Viele Passagiere wurden aus dem Schlaf gerissen; sie hatten Schwierigkeiten zu verstehen, was geschah und wie sie reagieren sollten. Die Lautsprecheranlage gab Anweisungen zur Evakuierung aus, doch viele waren verwirrt oder verängstigt.

Die Besatzung versuchte verzweifelt, die Passagiere zu beruhigen und ihnen bei der Evakuierung zu helfen; jedoch waren viele Rettungsboote aufgrund des plötzlichen Wassereinbruchs nicht einsatzbereit oder konnten nicht rechtzeitig abgelassen werden.

Der Untergang

Innerhalb weniger Minuten sank die MS Herald of Free Enterprise auf eine Tiefe von etwa 30 Metern vor der Küste von Zeebrugge. Von den mehr als 540 Menschen an Bord überlebten nur etwa 150 Personen; viele ertranken oder wurden durch den kalten Wasserdruck getötet. Der Verlust von Leben war erschütternd und hinterließ tiefe Trauer bei Familienangehörigen und Freunden der Opfer.

Das Bild des sinkenden Schiffs wurde zum Symbol für die Gefahren des Reisens auf See sowie für die Tragödien, die sich während solcher Unglücke ereignen können.

Rettungsaktionen

Nach dem Untergang mobilisierten zahlreiche Schiffe in der Nähe sofort Rettungsaktionen; unter ihnen befanden sich auch Fischerboote sowie andere Fähren aus der Region. Die Suche nach Überlebenden begann sofort; jedoch gestaltete sich dies aufgrund der widrigen Wetterbedingungen als äußerst schwierig.

Rettungskräfte arbeiteten unermüdlich daran, so viele Menschen wie möglich zu retten; dennoch blieb die Zahl der Vermissten hoch – viele Leichname wurden nie gefunden.

Nachwirkungen und Lehren

Der Untergang der MS Herald of Free Enterprise führte weltweit zu umfangreichen Untersuchungen über maritime Sicherheitsstandards sowie zur Überprüfung bestehender Vorschriften zur Sicherheit auf See. Eine internationale

Untersuchungskommission wurde eingerichtet, um die Ursachen des Unglücks zu ermitteln.

Die Ergebnisse zeigten Mängel in Bezug auf Sicherheitsvorkehrungen sowie Konstruktionsfehler am Schiff selbst auf; dies führte dazu, dass neue Richtlinien eingeführt wurden, um sicherzustellen, dass solche Tragödien in Zukunft vermieden werden könnten.

Vermächtnis und Erinnerung

Heute gilt die MS Herald of Free Enterprise als eines der bedeutendsten Schiffswracks in der Geschichte; sie zieht Taucher aus aller Welt an, die das Wrack erkunden möchten – sowohl wegen seiner historischen Bedeutung als auch wegen seiner Tragik unter Wasser.

Das Erbe dieses tragischen Unglücks lebt weiter durch Dokumentationen, Bücher und Filme über den Untergang sowie durch Gedenkveranstaltungen für diejenigen, die ihr Leben verloren haben.

Insgesamt bleibt die Geschichte der MS Herald of Free Enterprise eine Mahnung dafür, wie wichtig Sicherheit auf See ist und wie schnell sich das Schicksal wenden kann – selbst für ein modernes Passagierschiff.

DIE GESCHICHTE DES SCHIFFS USS SAMUEL B. ROBERTS (DE-413)

Einleitung

Die USS Samuel B. Roberts (DE-413) war ein Zerstörer der Edsall-Klasse, der während des Zweiten Weltkriegs in der United States Navy diente. Bekannt für ihren heldenhaften Einsatz in der Schlacht im Golf von Leyte, wurde das Schiff zum Symbol für Mut und Entschlossenheit. Diese Erzählung beleuchtet die Entstehung des Schiffs, die Erfahrungen der Soldaten während des Gefechts und die Umstände, die zu seinem Untergang führten.

Die Entstehung der USS Samuel B. Roberts

Die USS Samuel B. Roberts wurde am 1. September 1943 auf der Werft von Brown Shipbuilding Company in Houston, Texas, in Auftrag gegeben. Das Schiff wurde nach dem Marineleutnant Samuel B. Roberts benannt, der im Zweiten Weltkrieg fiel und posthum mit der Medal of Honor ausgezeichnet wurde.

Der Bau des Zerstörers begann im Jahr 1943, und das Schiff wurde am 27. Februar 1944 vom Stapel gelassen. Die USS Samuel B. Roberts war mit modernster Technologie ausgestattet, darunter Radar- und Sonarsysteme sowie eine Vielzahl von Geschützen zur Luft- und Seebekämpfung.

Mit einer Länge von etwa 93 Metern und einer Verdrängung von rund 1.200 Tonnen war die USS Samuel B. Roberts ein schnelles und wendiges Schiff, das für den Einsatz in verschiedenen maritimen Operationen konzipiert wurde.

Der Dienst im Pazifik

Nach ihrer Indienststellung am 28. Juni 1944 wurde die USS Samuel B. Roberts schnell in den Pazifik versetzt, wo sie an verschiedenen Operationen teilnahm, darunter Patrouillenfahrten und Geleitschutzmissionen für Truppentransporte.

Das Schiff war Teil der Task Force 77 und nahm an den Vorbereitungen für die Invasion der Philippinen teil. Die Besatzung bestand aus etwa 200 Männern, darunter Offiziere und Matrosen aus verschiedenen Teilen der Vereinigten Staaten.

Die Stimmung an Bord war geprägt von Kameradschaft und einem starken Sinn für Pflicht; viele Soldaten waren entschlossen, ihren Beitrag zum Sieg über die Achsenmächte zu leisten.

Die Schlacht im Golf von Leyte

Im Oktober 1944 nahm die USS Samuel B. Roberts an der entscheidenden Schlacht im Golf von Leyte teil – einer der größten Seeschlachten in der Geschichte der Marine. Diese Schlacht war entscheidend für die Kontrolle über den Pazifischen Raum und stellte einen Wendepunkt im Krieg gegen Japan dar.

Am Morgen des 25. Oktober 1944 erhielt die USS Samuel B. Roberts den Befehl, eine Gruppe amerikanischer Zerstörer zu unterstützen, die sich auf eine Konfrontation mit einer japanischen Flotte vorbereiteten. Die Besatzung war nervös, aber auch entschlossen; sie wussten um die Bedeutung dieser Mission.

Der Kampf beginnt

Als die USS Samuel B. Roberts am Nachmittag des 25. Oktober in den Kampf zog, spürten die Soldaten eine Mischung aus Angst und Adrenalin. Sie waren sich bewusst, dass sie sich einer zahlenmäßig überlegenen japanischen Flotte gegenüberstanden – insgesamt waren es mehr als zehn japanische Schiffe gegen nur wenige amerikanische Zerstörer.

Die ersten Schüsse fielen gegen 15:30 Uhr; das Geschützfeuer hallte über das Wasser, während die Besatzung ihre Positionen einnahm und sich auf den Kampf vorbereitete. Die Männer an Bord waren angespannt; einige beteten still für ihr Überleben, während andere versuchten, ihre Gedanken zu sammeln und sich auf ihre Aufgaben zu konzentrieren.

Der heldenhafte Einsatz

Trotz ihrer zahlenmäßigen Unterlegenheit kämpfte die USS Samuel B. Roberts tapfer gegen die japanische Flotte. Das Schiff feuerte seine Geschütze ab und versuchte, so viele feindliche Schiffe wie möglich zu treffen.

Die Besatzung zeigte außergewöhnlichen Mut; sie wussten um das Risiko ihres Handelns, aber sie waren fest entschlossen, ihre Kameraden zu unterstützen und nicht aufzugeben. Während des Gefechts erlitten sie schwere Verluste; mehrere Mitglieder der Besatzung wurden verwundet oder getötet.

Trotz dieser Verluste gelang es dem Zerstörer, mehrere Treffer auf feindliche Schiffe zu landen – ein bemerkenswerter Erfolg angesichts der widrigen Umstände.

Der entscheidende Moment

Gegen Ende des Gefechts geriet die USS Samuel B. Roberts unter schweres Feuer von mehreren japanischen Kreuzern und Zerstörern. Die Situation wurde zunehmend kritischer; das Schiff erlitt erhebliche Schäden durch Treffer aus feindlichem Feuer.

Die Besatzung kämpfte weiter tapfer; viele Männer arbeiteten unermüdlich daran, beschädigte Systeme wiederherzustellen oder Verwundete zu evakuieren. Inmitten des Chaos gab es Momente großer Tapferkeit – einige Soldaten halfen anderen in Sicherheit oder leisteten Erste Hilfe unter extremen Bedingungen.

Der Untergang

Trotz aller Bemühungen sank die USS Samuel B. Roberts schließlich um etwa 17:30 Uhr nach einem letzten verheerenden Treffer durch einen japanischen Torpedo – weniger als zwei Stunden nach Beginn des entscheidenden Gefechts.

Von den etwa 200 Männern an Bord überlebten nur wenige Dutzend; viele ertranken oder wurden durch Explosionen getötet. Der Verlust war erschütternd – nicht nur für diejenigen an Bord sondern auch für ihre Familien zurück in den USA.

Die Überlebenden wurden später von anderen amerikanischen Schiffen gerettet; sie berichteten von den Schrecken des Kampfes sowie vom Mut ihrer Kameraden während dieser tragischen Stunden.

Nachwirkungen und Lehren

Der Untergang der USS Samuel B. Roberts führte zu umfangreichen Untersuchungen über maritime Taktiken sowie zur Überprüfung bestehender Vorschriften zur Sicherheit auf See während militärischer Operationen.

Die Tapferkeit der Besatzung wurde posthum anerkannt; viele Männer erhielten Auszeichnungen für ihren heldenhaften Einsatz während des Gefechts – eine Erinnerung daran, dass selbst in den dunkelsten Momenten menschlicher Mut triumphieren kann.

Vermächtnis und Erinnerung

Heute gilt die USS Samuel B. Roberts als eines der bedeutendsten Schiffe in der Geschichte der US Navy; ihr Erbe lebt weiter durch Gedenkveranstaltungen sowie durch Dokumentationen über ihren heldenhaften Einsatz im Zweiten Weltkrieg.

Das Wrack liegt heute auf dem Meeresgrund vor Leyte – ein Mahnmal für diejenigen, die ihr Leben verloren haben sowie ein Symbol für den Mut jener Männer, die bereit waren zu kämpfen und ihr Leben für ihre Kameraden zu riskieren.

Insgesamt bleibt die Geschichte der USS Samuel B. Roberts eine Mahnung dafür, wie wichtig Tapferkeit und Loyalität sind – sowohl auf See als auch im Leben allgemein.

Schlussfolgerung

Die Geschichte der USS Samuel B. Roberts ist nicht nur eine Erzählung über ein Kriegsschiff oder einen militärischen Konflikt;

sie ist auch eine Hommage an den menschlichen Geist – an den Mut und das Opferbereitschaft jener Männer, die bereit waren alles zu geben für ihre Kameraden und ihr Land.

Ihr Vermächtnis wird weiterhin Generationen inspirieren; es erinnert uns daran, dass selbst in Zeiten größter Dunkelheit Licht gefunden werden kann – durch Freundschaft, Loyalität und unerschütterlichen Glauben an das Gute.

DIE GESCHICHTE VON JESUS VON NAZARETH

Einleitung

Jesus von Nazareth ist eine der zentralen Figuren des Christentums und wird auch im Islam als wichtiger Prophet anerkannt. Seine Lehren, sein Leben und sein Tod haben die Weltgeschichte maßgeblich beeinflusst und prägen bis heute das Denken und Handeln von Millionen Menschen. Diese Erzählung beleuchtet die Herkunft, das Wirken und die Bedeutung Jesu sowie die Umstände, die zu seinem Tod führten.

Die Herkunft Jesu

Jesus wurde um das Jahr 4 v. Chr. in Bethlehem geboren, einer Stadt in Judäa, die zur Zeit seiner Geburt unter römischer Herrschaft stand. Laut den Evangelien war seine Mutter Maria eine Jungfrau, die durch den Heiligen Geist schwanger wurde. Dies wird als Wunder angesehen und ist ein zentrales Element des christlichen Glaubens.

Nach seiner Geburt zog die Familie nach Nazareth in Galiläa, wo Jesus aufwuchs. Nazareth war ein kleines Dorf mit einer überwiegend jüdischen Bevölkerung. Jesus wuchs in einem bescheidenen Umfeld auf; sein Vater Joseph war Zimmermann, was darauf hindeutet, dass Jesus wahrscheinlich handwerkliche Fähigkeiten erlernte.

Die Kindheit und Jugend Jesu

Über die Kindheit und Jugend Jesu gibt es nur wenige Informationen in den Evangelien. Eine der bekanntesten Geschichten ist die Episode im Tempel, als Jesus im Alter von zwölf Jahren mit seinen Eltern nach Jerusalem reiste und dort mit den Lehrern diskutierte (Lukas 2,41-52). Diese Geschichte zeigt bereits früh seine außergewöhnliche Weisheit und sein tiefes Verständnis der religiösen Lehren.

Es wird angenommen, dass Jesus bis zu seinem etwa dreißigsten Lebensjahr in Nazareth lebte und dort als Zimmermann arbeitete. In dieser Zeit entwickelte er wahrscheinlich seine spirituellen Überzeugungen und begann, über Gott und das Leben nachzudenken.

Der Beginn des öffentlichen Wirkens

Um das Jahr 27 n. Chr. begann Jesus sein öffentliches Wirken. Er ließ sich von Johannes dem Täufer taufen, was als Zeichen seiner Mission angesehen wird. Nach seiner Taufe zog er sich für vierzig Tage in die Wüste zurück, wo er fastete und versucht wurde (Matthäus 4,1-11). Diese Erfahrung stärkte seinen Glauben und seine Entschlossenheit.

Jesus begann dann, durch Galiläa zu reisen, wo er predigte, heilte Kranke und vollbrachte Wunder. Seine Botschaft war revolutionär: Er sprach von der Liebe Gottes zu allen Menschen, der Notwendigkeit zur Umkehr und dem Kommen des Reiches Gottes.

Die Lehren Jesu

Die Lehren Jesu sind geprägt von Themen wie Nächstenliebe, Vergebung und Barmherzigkeit. Er forderte seine Anhänger auf, ihre Feinde zu lieben (Matthäus 5,44) und betonte die Bedeutung innerer Reinheit über äußere religiöse Praktiken (Matthäus 23).

Eine der bekanntesten Sammlungen seiner Lehren ist die Bergpredigt (Matthäus 5-7), in der er Prinzipien wie das Gebot der Goldenen Regel formulierte: „Alles nun, was ihr wollt, dass euch die Leute tun sollen, das tut ihnen ebenso" (Matthäus 7,12).

Jesus verwendete oft Gleichnisse – kurze Geschichten mit moralischen oder spirituellen Lektionen – um komplexe Wahrheiten verständlich zu machen. Beispiele sind das Gleichnis vom verlorenen Sohn (Lukas 15) oder das Gleichnis vom barmherzigen Samariter (Lukas 10).

Die Wunder Jesu

Ein herausragendes Merkmal des Wirkens Jesu waren seine Wunder. Er heilte Kranke von verschiedenen Krankheiten (z.B. Blindenheilung in Johannes 9), erweckte Tote zum Leben (wie Lazarus in Johannes 11) und vollbrachte Naturwunder (wie die Speisung der Fünftausend in Johannes 6).

Diese Wunder wurden nicht nur als Zeichen seiner göttlichen Autorität angesehen, sondern auch als Ausdruck seines Mitgefühls für leidende Menschen. Sie trugen dazu bei, viele Anhänger zu gewinnen und verbreiteten seine Botschaft weit über Galiläa hinaus.

Die Jünger Jesu

Während seines Wirkens sammelte Jesus eine Gruppe von Jüngern um sich – zwölf Männer aus verschiedenen sozialen Schichten – darunter Petrus, Jakobus und Johannes. Diese Jünger wurden zu seinen engsten Vertrauten und begleiteten ihn auf seinen Reisen.

Jesus lehrte sie nicht nur über Gott und das Reich Gottes; er bereitete sie auch darauf vor, selbst Botschafter seiner Lehre zu werden. Nach seinem Tod sollten sie das Evangelium verbreiten und Gemeinden gründen.

Die Beziehung zwischen Jesus und seinen Jüngern war geprägt von Vertrauen und Hingabe; sie lernten durch seine Worte sowie durch sein Beispiel.

Der Konflikt mit den religiösen Führern

Mit zunehmendem Einfluss Jesu wuchs auch der Widerstand gegen ihn – insbesondere von Seiten der religiösen Führer jener Zeit wie Pharisäer und Sadduzäer. Sie sahen in ihm eine Bedrohung für ihre Autorität sowie für die bestehenden religiösen Traditionen.

Jesus kritisierte oft deren Heuchelei und forderte eine Rückkehr zu einem authentischen Glauben an Gott statt bloßer Ritualpraxis. Diese Konfrontationen führten schließlich dazu, dass einige religiöse Führer einen Plan schmiedeten, um ihn zum Schweigen zu bringen.

Der letzte Weg

Die letzten Tage im Leben Jesu sind als Passionsgeschichte bekannt. Nach dem letzten Abendmahl mit seinen Jüngern am Gründonnerstag wurde er verraten – Judas Iskariot übergab ihn an die römischen Behörden.

Er wurde vor den Hohen Rat gebracht und später vor Pontius Pilatus verurteilt; trotz seiner Unschuld wurde er zum Tode verurteilt. Am Karfreitag wurde Jesus gekreuzigt – ein grausamer Tod für einen Mann ohne Schuld.

Sein Tod wird im Christentum als Opfer für die Sünden der Menschheit verstanden; viele Gläubige glauben daran, dass durch seinen Tod Versöhnung zwischen Gott und Mensch möglich wurde.

Die Auferstehung

Drei Tage nach seinem Tod geschah das zentrale Ereignis des christlichen Glaubens: Die Auferstehung Jesu am Ostersonntag. Laut den Evangelien erschien er mehreren Frauen sowie seinen Jüngern lebendig – ein Zeichen dafür, dass der Tod nicht das Ende ist.

Die Auferstehung gilt als Bestätigung seiner göttlichen Natur sowie seiner Lehren über das ewige Leben. Dieses Ereignis führte zur Gründung des Christentums; viele Menschen begannen an ihn zu glauben und seine Botschaft weiterzugeben.

Das Vermächtnis Jesu

Das Vermächtnis Jesu ist enorm; seine Lehren haben nicht nur eine Religion begründet sondern auch Kulturen weltweit beeinflusst. Das Christentum ist heute eine der größten Religionen mit Milliarden Anhängern rund um den Globus.

Seine Botschaft von Liebe, Vergebung und Hoffnung inspiriert weiterhin Menschen aller Altersgruppen; viele finden Trost in seinen Worten während schwieriger Zeiten oder suchen Orientierung in ihrem Leben durch seine Lehren.

Darüber hinaus hat Jesus zahlreiche Kunstwerke inspiriert – Gemälde wie „Das letzte Abendmahl" oder Filme über sein Leben zeigen immer wieder neue Perspektiven auf diese außergewöhnliche Figur der Geschichte.

Insgesamt bleibt Jesus von Nazareth eine zentrale Figur nicht nur im religiösen Kontext sondern auch im kulturellen Gedächtnis der Menschheit – ein Symbol für Frieden sowie Glaube an etwas Größeres.

DIE GESCHICHTE VON BUDDHA

Einleitung

Buddha, auch bekannt als Siddhartha Gautama, ist der Begründer des Buddhismus und eine der einflussreichsten spirituellen Figuren der Geschichte. Seine Lehren über das Leiden, die Erleuchtung und den Weg zur Befreiung haben Millionen von Menschen inspiriert und prägen bis heute das Denken und Handeln vieler. Diese Erzählung beleuchtet die Herkunft Buddhas, sein Leben, seine Lehren und die Bedeutung seines Vermächtnisses.

Die Herkunft Siddhartha Gautamas

Siddhartha Gautama wurde um das Jahr 563 v. Chr. in Lumbini, im heutigen Nepal, geboren. Er war der Sohn von König Śuddhodana und Königin Māyā, die dem Shakya-Stamm angehörten. Laut Überlieferung wurde seine Geburt von verschiedenen Wundern begleitet; es wird gesagt, dass er sofort nach seiner Geburt aufstand und sieben Schritte ging, wobei er verkündete, dass dies sein letzter Geburtstag sei.

Sein Vater wollte ihn vor den Leiden der Welt schützen und sorgte dafür, dass Siddhartha in einem geschützten Umfeld aufwuchs. Er erhielt eine umfassende Ausbildung in verschiedenen Disziplinen wie Philosophie, Kunst und Kriegskunst. Trotz des privilegierten Lebens fühlte Siddhartha eine innere Unruhe und suchte nach einem tieferen Sinn im Leben.

Die vier Ausfahrten

Im Alter von 29 Jahren unternahm Siddhartha vier Ausfahrten aus dem Palast, die sein Leben für immer verändern sollten. Bei diesen Ausfahrten begegnete er verschiedenen Aspekten des menschlichen Daseins:

Der alte Mann: Siddhartha sah einen alten Mann und erkannte die Unvermeidlichkeit des Alterns.
Der Kranke: Bei seiner zweiten Ausfahrt begegnete er einem Kranken und wurde mit dem Leiden konfrontiert.
Der Toten: Die dritte Ausfahrt führte ihn zu einer Leiche; hier wurde ihm bewusst, dass der Tod jeden Menschen trifft.
Der Asket: Schließlich sah er einen Asketen, der ein Leben in Entbehrung führte und nach spiritueller Erfüllung strebte.

Diese Erfahrungen schockierten Siddhartha zutiefst und führten zu seiner Entscheidung, das weltliche Leben hinter sich zu lassen.

Der Weg zur Erleuchtung

Nach seinen Erkenntnissen über das Leiden verließ Siddhartha seinen Palast und seine Familie in der Nacht. Er begab sich auf eine Reise als Wanderer und Suchender nach Wahrheit. Zunächst schloss er sich einer Gruppe von Asketen an und lebte ein extrem enthaltsames Leben – er fastete bis zur Schwäche und praktizierte strenge Meditationstechniken.

Nach sechs Jahren intensiver Askese erkannte Siddhartha jedoch, dass dieser Weg nicht zur Erleuchtung führte. Er beschloss, einen Mittelweg zwischen Selbstverleugnung und sinnlichem Vergnügen zu finden – eine zentrale Lehre des Buddhismus.

Die Erleuchtung unter dem Bodhi-Baum

Im Alter von 35 Jahren setzte sich Siddhartha unter einen Bodhi-Baum in Bodhgaya (im heutigen Indien) nieder und schwor, nicht aufzustehen, bis er die Wahrheit gefunden hatte. Nach 49 Tagen intensiver Meditation erreichte er schließlich die Erleuchtung (Bodhi). In diesem Zustand erkannte er die Ursachen des Leidens sowie den Weg zur Befreiung davon.

Er verstand die Vier Edlen Wahrheiten:

Das Leiden (Dukkha): Das Leben ist geprägt von Leiden.
Die Ursache des Leidens (Samudaya): Das Verlangen führt zu Leiden.
Die Beendigung des Leidens (Nirodha): Es ist möglich, das Leiden zu beenden.
Der Weg zur Beendigung des Leidens (Magga): Der Achtfache Pfad führt zur Befreiung.

Diese Erkenntnisse bildeten die Grundlage seiner späteren Lehren.

Die ersten Jünger

Nach seiner Erleuchtung entschied sich Buddha, seine Erkenntnisse mit anderen zu teilen. Er hielt seine erste Lehrrede im Hirschpark von Sarnath nahe Varanasi (Benares), wo er fünf ehemalige Gefährten traf – seine ersten Jünger.

In dieser Rede erklärte Buddha die Vier Edlen Wahrheiten sowie den Achtfachen Pfad als Weg zur Befreiung vom Leiden. Diese Botschaft fand Anklang bei vielen Menschen; bald sammelte sich eine wachsende Gemeinschaft von Anhängern um ihn.
Die Verbreitung der Lehren

Buddha reiste durch Nordindien und lehrte überall dort, wo er hinkam. Seine Botschaft sprach sowohl einfache Menschen als auch Adelige an; viele fanden Trost in seinen Lehren über Mitgefühl, Achtsamkeit und den Wert eines ethischen Lebens.

Er gründete zahlreiche Klöster und Sanghas (Gemeinschaften), in denen Mönche lebten und praktizierten. Buddha betonte die Bedeutung der Gemeinschaft für das spirituelle Wachstum; diese Gemeinschaft sollte auch nach seinem Tod bestehen bleiben.

Die Herausforderungen

Trotz seines Erfolgs stieß Buddha auch auf Widerstand – sowohl von religiösen Führern als auch von Skeptikern seiner Lehren. Einige kritisierten ihn wegen seiner Ablehnung traditioneller Bräuche oder weil sie seine Ansichten über Kaste nicht akzeptieren konnten.

Buddha blieb jedoch unerschütterlich in seinem Engagement für Frieden und Verständnis; er lehrte oft über Toleranz gegenüber anderen Glaubensrichtungen sowie über den Wert eines respektvollen Dialogs.

Der letzte Weg

Im Alter von etwa 80 Jahren reiste Buddha weiter durch Nordindien; während einer Reise nach Kusinara fühlte er sich schwach und wusste, dass sein Ende nahte. In einem letzten Gespräch mit seinen Jüngern gab er ihnen wichtige Ratschläge mit auf den Weg:
„Seid euer eigener Lichtstrahl" – damit meinte er, dass jeder selbst Verantwortung für seinen eigenen spirituellen Weg übernehmen sollte.

Buddha starb schließlich im Salbaumwald von Kusinara; sein Tod wird als Parinirvana bezeichnet – der endgültigen Befreiung vom Kreislauf der Wiedergeburt (Samsara).

Das Vermächtnis Buddhas

Nach seinem Tod verbreiteten sich Buddhas Lehren schnell über Indien hinaus; sie wurden in verschiedene Schulen des Buddhismus unterteilt – Theravada im Süden (Sri Lanka) sowie Mahayana im Norden (China, Japan).

Seine Schriften wurden gesammelt und niedergeschrieben; die Pali-Kanon-Textsammlung gilt als eine der ältesten Sammlungen buddhistischer Schriften.

Das Vermächtnis Buddhas lebt bis heute fort; Millionen praktizieren Buddhismus weltweit – viele finden Trost in seinen Lehren über Mitgefühl, Achtsamkeit sowie den Umgang mit Leiden.

Die Bedeutung Buddhas für die Menschheit

Buddha wird nicht nur als religiöse Figur angesehen sondern auch als Lehrer universeller Werte wie Frieden, Mitgefühl und Weisheit. Seine Lehren bieten praktische Anleitungen für ein erfülltes Leben – unabhängig von kulturellem oder religiösem Hintergrund.

In einer Welt voller Konflikte sind Buddhas Prinzipien relevanter denn je; sie erinnern uns daran, dass wir alle Teil eines größeren Ganzen sind – dass unser Handeln Auswirkungen auf andere hat.

Zusammenfassend bleibt Buddha eine inspirierende Figur für viele Menschen weltweit; sein Streben nach Wahrheit sowie sein Engagement für das Wohl aller Wesen sind zeitlose Werte, die weiterhin Generationen prägen werden.

DIE GESCHICHTE VON MOHAMMED

Einleitung

Mohammed, der Prophet des Islam, ist eine der einflussreichsten
Figuren in der Geschichte der Menschheit. Seine Lehren und das
von ihm gegründete Glaubenssystem haben Millionen von Menschen inspiriert und prägen bis heute das Leben von über einer
Milliarde Muslimen weltweit. Diese Erzählung beleuchtet die
Herkunft Mohammeds, sein Leben, seine Lehren und die Bedeutung seines Vermächtnisses.

Die Herkunft Mohammeds

Mohammed wurde um das Jahr 570 n. Chr. in Mekka, einer Stadt
auf der Arabischen Halbinsel, geboren. Er gehörte dem Stamm
der Quraisch an, einer einflussreichen und angesehenen Familie
in Mekka. Sein Vater Abdullah starb noch vor seiner Geburt, und
seine Mutter Amina verstarb, als er sechs Jahre alt war. Mohammed wuchs somit als Waise auf und wurde von seinem Großva-
ter Abdul Muttalib und später von seinem Onkel Abu Talib
großgezogen.

Die frühe Kindheit Mohammeds war geprägt von den Herausforderungen des Lebens als Waisenkind. Trotz dieser Schwierigkeiten entwickelte er sich zu einem respektierten jungen Mann,
bekannt für seine Ehrlichkeit und Integrität. Er erhielt den Bei-
namen „Al-Amin", was „der Vertrauenswürdige" bedeutet.

Das frühe Erwachsenenleben

Im Alter von 25 Jahren heiratete Mohammed Khadidscha, eine
wohlhabende Witwe, die ihn als Handelsreisenden beschäftigte.

Ihre Ehe war glücklich und stabil; sie hatten mehrere Kinder zusammen, darunter Fatima, die später eine zentrale Figur im Islam werden sollte.

Durch seine Arbeit im Handel reiste Mohammed viel und hatte Kontakt zu verschiedenen Kulturen und Religionen. Diese Erfahrungen prägten sein Denken und erweiterten seinen Horizont. In dieser Zeit begann er auch über soziale Gerechtigkeit nachzudenken und sich mit den Ungerechtigkeiten seiner Gesellschaft auseinanderzusetzen.

Die ersten Offenbarungen

Im Jahr 610 n. Chr., als Mohammed etwa 40 Jahre alt war, zog er sich häufig in die Höhle Hira zurück, um zu meditieren und nach Sinn zu suchen. Dort erhielt er seine erste Offenbarung durch den Engel Gabriel (Jibril). Diese Erfahrung war überwältigend; Gabriel befahl ihm, zu lesen (Iqra) – ein Aufruf zur Verkündung der Botschaft Gottes.

In den folgenden Jahren erhielt Mohammed weitere Offenbarungen, die schließlich im Koran niedergeschrieben wurden – dem heiligen Buch des Islam. Diese Offenbarungen betonten den Glauben an einen einzigen Gott (Allah), soziale Gerechtigkeit sowie moralische Werte.

Die ersten Anhänger

Nach seiner ersten Offenbarung begann Mohammed öffentlich zu predigen. Zunächst fand er nur wenige Anhänger; unter ihnen waren seine Frau Khadidscha, sein Cousin Ali und sein Freund Abu-Bakr. Die Botschaft des Islams stieß jedoch auf

Widerstand bei den führenden Quraisch-Stämmen in Mekka, die
ihre Macht bedroht sahen.

Die frühen Muslime litten unter Verfolgung; viele wurden sozial
isoliert oder körperlich angegriffen. Trotz dieser Widrigkeiten
blieb Mohammed standhaft in seinem Glauben und setzte seine
Mission fort.

Die Auswanderung nach Medina

Die Verfolgung der Muslime in Mekka nahm zu; viele suchten
Zuflucht in anderen Städten. Im Jahr 622 n. Chr., als die Situation
unerträglich wurde, entschied sich Mohammed zur Auswande-
rung (Hijra) nach Medina (damals Yathrib). Dieser Umzug mar-
kiert den Beginn des islamischen Kalenders.

In Medina wurde Mohammed herzlich empfangen; er etablierte
schnell eine Gemeinschaft von Gläubigen und schloss einen Ver-
trag zwischen den verschiedenen Stämmen der Stadt – sowohl
Muslimen als auch Nicht-Muslimen – um Frieden und Zusammenarbeit zu gewährleisten.

Der Aufbau der muslimischen Gemeinschaft

In Medina begann Mohammed nicht nur als religiöser Führer zu
wirken sondern auch als politischer Anführer. Er legte Wert auf
soziale Gerechtigkeit, Gleichheit und Solidarität innerhalb der
Gemeinschaft (Umma). Unter seiner Führung wurden zahlreiche
Reformen eingeführt:

Soziale Gerechtigkeit: Unterstützung für Waisen und Bedürftige.
Rechte für Frauen: Verbesserung ihrer sozialen Stellung.

Religiöse Toleranz: Schutz für Juden und Christen innerhalb der muslimischen Gemeinschaft.

Diese Prinzipien trugen dazu bei, dass die muslimische Gemeinschaft in Medina florierte.

Konflikte mit Mekka

Trotz des Erfolgs in Medina blieben die Spannungen mit den Quraisch in Mekka bestehen. Mehrere militärische Konflikte brachen aus, darunter die Schlachten von Badr (624 n. Chr.) und U-hud (625 n. Chr.). Während diese Kämpfe sowohl Siege als auch Niederlagen für die Muslime brachten, festigten sie dennoch die Position Mohammeds als Anführer.

Die Schlacht von Badr wird oft als entscheidender Moment angesehen; sie stärkte das Vertrauen der Muslime in ihren Glauben sowie in ihren Propheten.

Die Rückkehr nach Mekka

Im Jahr 630 n. Chr., nach Jahren des Konflikts, kehrte Mohammed mit einer großen Anzahl von Anhängern nach Mekka zurück – dies geschah friedlich ohne Blutvergießen. Er reinigte die Kaaba von Götzenbildern und erklärte sie zum Zentrum des islamischen Glaubens.

Diese Rückkehr stellte einen bedeutenden Sieg dar; sie symbolisierte nicht nur die Überwindung der Verfolgung sondern auch die Einheit der muslimischen Gemeinschaft unter dem Banner des Islams.

Der letzte Weg

Nach seiner Rückkehr nach Mekka setzte Mohammed seine Lehre fort; erhielt zahlreiche Predigten über Moral, Ethik sowie das richtige Verhalten im Glauben. Im Jahr 632 n. Chr., während seiner letzten Pilgerfahrt (Haddsch), hielt er eine berühmte Abschiedspredigt auf dem Berg Arafat – hier fasste er zentrale Lehren des Islams zusammen:

Gleichheit aller Menschen
Rechte der Frauen
Verantwortung gegenüber anderen

Wenig später starb Mohammed am 8. Juni 632 n.Chr., im Alter von etwa 63 Jahren in Medina.

Das Vermächtnis Mohammads

Nach dem Tod Mohammads hinterließ er ein starkes Fundament für den Islam; seine Lehren wurden durch mündliche Überlieferungen sowie schriftliche Aufzeichnungen weitergegeben – insbesondere im Koran sowie in Hadithen (Überlieferungen über das Leben des Propheten).

Der Islam breitete sich schnell über Arabien hinaus aus; innerhalb weniger Jahrzehnte erreichte er Teile Afrikas, Asiens sowie Europas. Die Prinzipien des Islams beeinflussten nicht nur religiöse Praktiken sondern auch Kultur, Wissenschaft sowie Philosophie.

Mohammed wird bis heute als „der letzte Prophet" angesehen; sein Leben dient vielen Muslimen als Vorbild für ethisches Verhalten sowie spirituelles Wachstum.

Zusammenfassend bleibt Mohammad eine zentrale Figur nicht nur im religiösen Kontext sondern auch im kulturellen Gedächtnis vieler Menschen weltweit – ein Symbol für Frieden sowie Glaube an etwas Größeres.

EIN IMAGINÄRES PICKNICK DER GROSSEN LEHRER

An einem sonnigen Nachmittag, in einer friedlichen Oase umgeben von sanften Hügeln und blühenden Bäumen, fanden sich drei der einflussreichsten spirituellen Führer der Geschichte zu einem außergewöhnlichen Picknick zusammen: Buddha, Jesus von Nazareth und Mohammed. Die Luft war erfüllt von dem Duft frischer Früchte, duftendem Brot und aromatischem Tee. Sie breiteten eine bunte Decke auf dem Gras aus und setzten sich im Kreis.

Die Begrüßung

Buddha lächelte sanft und begann das Gespräch: „Es ist schön, hier zu sein, umgeben von der Natur. Lasst uns über die Wege sprechen, die wir gewählt haben, um den Menschen zu helfen, das Leiden zu überwinden."

Jesus nickte zustimmend. „Ja, ich glaube, dass es wichtig ist, die Liebe und das Mitgefühl in den Mittelpunkt unserer Lehren zu stellen. Gott ist Liebe, und wir sind dazu berufen, diese Liebe in die Welt zu tragen."

Mohammed fügte hinzu: „Und ich denke, dass es auch wichtig ist, Gerechtigkeit und Gleichheit zu betonen. In meiner Botschaft geht es darum, dass alle Menschen gleich sind vor Gott und dass wir Verantwortung füreinander tragen müssen."

Die Lehren über das Leiden

Buddha nahm einen Schluck Tee und sprach dann über seine Erkenntnisse: „Ich habe gelehrt, dass das Leben voller Dukkha –

Leiden – ist. Doch durch Achtsamkeit und den Achtfachen Pfad können wir diesen Kreislauf des Leidens durchbrechen. Es geht darum, inneren Frieden zu finden."

Jesus hörte aufmerksam zu und sagte: „Das Leiden ist ein Teil des menschlichen Daseins. Ich habe oft darüber gesprochen, wie wichtig es ist, in Zeiten des Leidens Trost zu finden – sowohl bei Gott als auch in der Gemeinschaft mit anderen Menschen. Wir sollten einander unterstützen."

Mohammed nickte zustimmend. „In meinen Lehren betone ich ebenfalls die Bedeutung des Mitgefühls. Wenn wir uns um die Bedürftigen kümmern und für Gerechtigkeit eintreten, können wir das Leiden in der Welt verringern."

Der Weg zur Erleuchtung

Buddha sprach weiter über seinen Weg zur Erleuchtung: „Die Suche nach Wahrheit erfordert Hingabe und Disziplin. Jeder Mensch hat das Potenzial zur Erleuchtung in sich; sie müssen nur den Mut haben, den Weg zu gehen."

Jesus ergänzte: „Für mich war der Weg zur Wahrheit immer mit dem Glauben an Gott verbunden. Durch Gebet und Hingabe können wir eine tiefere Verbindung zum Göttlichen herstellen. Es geht darum, unser Herz für die Liebe Gottes zu öffnen."

Mohammed fügte hinzu: „Und ich glaube an die Wichtigkeit der Gemeinschaft im Glauben. Der Islam lehrt uns nicht nur individuelle Spiritualität sondern auch kollektive Verantwortung. Gemeinsam können wir eine gerechtere Welt schaffen."

Die Rolle der Gemeinschaft

Das Gespräch wandte sich nun der Rolle der Gemeinschaft in ihren jeweiligen Lehren zu.

„Die Sangha", begann Buddha, „ist für mich entscheidend für das spirituelle Wachstum. In einer unterstützenden Gemeinschaft können wir unsere Praktiken vertiefen und uns gegenseitig ermutigen."

Jesus lächelte: „Das erinnert mich an meine Jünger. Ich habe immer betont, wie wichtig es ist, zusammenzukommen – sei es beim Teilen von Brot oder beim Gebet. In Gemeinschaft finden wir Stärke."

„Im Islam", sagte Mohammed nachdenklich, „ist die Umma – die Gemeinschaft der Gläubigen – von zentraler Bedeutung. Wir sind dazu aufgerufen, einander beizustehen und gemeinsam für Gerechtigkeit einzutreten."

Der Einfluss ihrer Lehren

Während sie ihre Speisen teilten – frisches Obst und selbstgebackenes Brot – sprachen sie über den Einfluss ihrer Lehren auf die Welt.

Buddha bemerkte: „Es ist erstaunlich zu sehen, wie viele Menschen nach Wahrheit suchen und versuchen, ihre inneren Konflikte zu lösen. Ich hoffe nur, dass sie den richtigen Weg finden."

Jesus fügte hinzu: „Die Botschaft von Liebe und Vergebung hat viele Herzen berührt. Ich wünsche mir Frieden für alle Völker;

dass sie lernen mögen, einander zu lieben statt sich zu bekämpfen."

Mohammed nickte zustimmend: „Der Islam lehrt uns Respekt vor anderen Religionen; ich hoffe auf einen Dialog zwischen den Glaubensrichtungen – denn letztendlich streben wir alle nach dem gleichen Ziel: Frieden und Harmonie unter den Menschen."

Ein gemeinsames Vermächtnis

Als die Sonne langsam unterging und der Himmel in warmen Farben erstrahlte, reflektierten sie über ihr gemeinsames Vermächtnis.

„Wir haben unterschiedliche Wege gewählt", sagte Buddha sanft, „aber unser Ziel bleibt dasselbe – das Wohl aller Wesen."

„Ja", stimmte Jesus zu. „Es geht darum, Licht in die Dunkelheit zu bringen; Hoffnung für diejenigen bereitzustellen, die verloren sind oder leiden."

„Und", fügte Mohammed hinzu, „wir sollten weiterhin Brücken bauen zwischen unseren Traditionen; denn Verständnis führt zur Einheit."

Abschied

Als sie sich schließlich voneinander verabschiedeten und jeder seinen eigenen Weg zurückging – Buddha zurück zur Stille seiner Meditation; Jesus zurück ins Herz seiner Jünger; Mohammed zurück zur Umma –, wussten sie tief im Inneren:

Obwohl ihre Wege unterschiedlich waren und ihre Lehren verschiedene kulturelle Kontexte hatten, verband sie eine gemeinsame Vision von Frieden und Mitgefühl für alle Menschen.
In dieser friedlichen Oase hatten sie nicht nur ein Picknick geteilt sondern auch einen Dialog geführt über Hoffnung für eine bessere Welt – eine Welt voller Verständnis zwischen den Religionen.

Und so lebten ihre Lehren weiter in den Herzen der Menschen; als Inspiration für kommende Generationen auf ihrem eigenen Weg zur Wahrheit.

DIE GESCHICHTE VON MICHELANGELO BUONARROTI

Einleitung

Michelangelo Buonarroti, geboren am 6. März 1475 in Caprese, Italien, gilt als einer der größten Künstler der Renaissance und hat mit seinen Meisterwerken die Kunstgeschichte nachhaltig geprägt. Seine Fähigkeiten als Bildhauer, Maler, Architekt und Dichter machen ihn zu einer einzigartigen Figur in der Welt der Kunst. Diese Erzählung beleuchtet Michelangelos Herkunft, sein Leben, seine bedeutendsten Werke und das Vermächtnis, das er hinterlassen hat.

Die frühen Jahre

Michelangelo wurde in eine Familie von Bankiers geboren. Sein Vater, Lodovico di Leonardo di Buonarroti Simoni, war ein angesehener Beamter in Florenz. Als Michelangelo noch ein Kleinkind war, zog die Familie nach Florenz, wo er aufwuchs. Schon früh zeigte er ein außergewöhnliches Talent für das Zeichnen und die bildende Kunst.

Im Alter von 13 Jahren begann Michelangelo eine Lehre bei dem florentinischen Maler Domenico Ghirlandaio. Hier lernte er die Grundlagen der Malerei und entwickelte seine Fähigkeiten im Zeichnen. Doch schon bald stellte sich heraus, dass seine wahre Leidenschaft im Bildhauen lag.

Die Ausbildung und erste Werke

Nach seiner Lehrzeit bei Ghirlandaio trat Michelangelo in die Medici-Akademie ein, wo er unter der Schirmherrschaft von

Lorenzo de' Medici stand. In dieser Zeit hatte er Zugang zu den besten Künstlern und Denkern seiner Zeit. Lorenzo erkannte Michelangelos Talent und förderte ihn; dies führte dazu, dass Michelangelo mit vielen bedeutenden Persönlichkeiten der Renaissance in Kontakt kam.

Eines seiner ersten bedeutenden Werke war die Statue des „David", die er im Jahr 1501 begann und 1504 vollendete. Diese monumentale Skulptur zeigt den biblischen Helden David kurz vor seinem Kampf gegen Goliath und gilt als eines der Meisterwerke der westlichen Kunst. Der „David" symbolisiert nicht nur körperliche Stärke sondern auch den menschlichen Geist und die Entschlossenheit.

Der Aufstieg zum Ruhm

Nach dem Erfolg des „David" erhielt Michelangelo zahlreiche Aufträge von verschiedenen Mäzenen. Er arbeitete an verschiedenen Projekten in Florenz und Rom, darunter auch die Statue von „Pietà", die er im Jahr 1499 vollendete. Diese beeindruckende Skulptur zeigt Maria mit dem toten Jesus auf ihrem Schoß und wird oft für ihre emotionale Tiefe und technische Perfektion gelobt.

Michelangelos Ruf wuchs weiter, als er den Auftrag erhielt, das Grabmal von Papst Julius II. zu gestalten. Dieses Projekt sollte mehrere Jahre in Anspruch nehmen und wurde zu einem Symbol für Michelangelos künstlerische Vision.

Die Sixtinische Kapelle

Einer der Höhepunkte von Michelangelos Karriere war die Freskomalerei in der Sixtinischen Kapelle im Vatikan. Im Jahr 1508 erhielt er den Auftrag von Papst Julius II., das Gewölbe der Kapelle zu bemalen. Trotz anfänglicher Bedenken über das Ausmaß des Projekts nahm Michelangelo die Herausforderung an.

Von 1508 bis 1512 malte er eine Reihe von Szenen aus dem Alten Testament, darunter das berühmte „Schöpfung Adams", das heute als eines der bekanntesten Kunstwerke der Welt gilt. Die Fresken sind nicht nur für ihre künstlerische Brillanz berühmt sondern auch für ihre tiefgründige Symbolik und religiöse Bedeutung.

Die Arbeit an den Fresken war äußerst anspruchsvoll; Michelangelo musste auf einem Gerüst arbeiten und oft unter schwierigen Bedingungen malen. Dennoch schuf er ein Meisterwerk, das bis heute bewundert wird.

Der Einfluss auf Architektur

Neben seiner Tätigkeit als Bildhauer und Maler war Michelangelo auch ein talentierter Architekt. Im Jahr 1546 wurde er zum Hauptarchitekten des Petersdoms im Vatikan ernannt. Er entwarf die ikonische Kuppel des Doms, die bis heute als eines der größten architektonischen Wunder gilt.

Michelangelos architektonischer Stil zeichnete sich durch seine monumentale Größe und harmonische Proportionen aus; sein Einfluss ist in vielen späteren Gebäuden sichtbar geworden.

Die letzten Jahre

In seinen späteren Jahren widmete sich Michelangelo zunehmend dem Schreiben von Gedichten sowie dem Entwurf von Skulpturen und architektonischen Projekten. Trotz seines

Ruhms blieb er bescheiden und suchte stets nach Perfektion in seiner Kunst.

Seine letzte große Arbeit war das Grabmal für Papst Julius II., das jedoch nie vollständig abgeschlossen wurde; dennoch sind viele Teile davon beeindruckende Beispiele seines Könnens.

Michelangelo starb am 18. Februar 1564 im Alter von fast 89 Jahren in Rom; sein Tod markierte das Ende einer Ära in der Kunstgeschichte.

Das Vermächtnis

Michelangelos Einfluss auf die Kunst ist unermesslich; seine Techniken haben Generationen von Künstlern inspiriert und prägen bis heute das Verständnis von Schönheit und Form in der bildenden Kunst. Seine Werke sind nicht nur technische Meisterleistungen sondern auch tiefgründige Ausdrucksformen menschlicher Emotionen und spiritueller Themen.
Sein Stil kombinierte Elemente des Humanismus mit einer tiefen Religiosität; dies machte ihn zu einem zentralen Vertreter der Renaissancekunst.

Die Rezeption seiner Werke

Die Rezeption von Michelangelos Werken war während seines Lebens gemischt; während viele ihn bewunderten, gab es auch Kritiker seiner unkonventionellen Techniken oder Themenwahl. Dennoch setzte sich sein Einfluss durch; seine Arbeiten wurden zum Maßstab für künstlerisches Können.

Im Laufe der Jahrhunderte wurden viele seiner Werke kopiert oder neu interpretiert; sie sind Teil des kulturellen Erbes Europas geworden.

Ein Künstler zwischen den Welten

Michelangelo lebte in einer Zeit großer politischer Umwälzungen sowie kultureller Blüte; diese Kontraste spiegeln sich auch in seinen Werken wider. Er verstand es meisterhaft, menschliche Emotionen darzustellen – sei es Freude oder Trauer – was seine Figuren lebendig erscheinen ließ.

Seine Fähigkeit, sowohl physische Stärke als auch innere Verletzlichkeit darzustellen, macht seine Kunst zeitlos relevant; sie spricht Menschen aller Generationen an.

Fazit – Ein unsterbliches Erbe

Michelangelo Buonarroti bleibt eine herausragende Figur nicht nur in der Geschichte der Kunst sondern auch in der Kultur insgesamt. Sein Streben nach Perfektion sowie sein unermüdlicher Einsatz für seine Kunst haben ihn zu einem Symbol für kreative Exzellenz gemacht.

Sein Vermächtnis lebt weiter – durch seine Meisterwerke wie den „David", die Fresken in der Sixtinischen Kapelle sowie die Kuppel des Petersdoms inspiriert er weiterhin Künstler weltweit dazu, nach Höherem zu streben und ihre eigene Kreativität auszudrücken.

In einer Welt voller Veränderungen bleibt Michelangelo ein zeitloses Beispiel dafür, wie Kunst Menschen verbinden kann – über Kulturen hinweg sowie durch Raum und Zeit hindurch.

DIE GESCHICHTE VON VINCENT VAN GOGH

Einleitung

Vincent van Gogh, geboren am 30. März 1853 in Zundert, Niederlande, ist einer der bekanntesten und einflussreichsten Maler der westlichen Kunstgeschichte. Trotz seines kurzen Lebens und der vielen Herausforderungen, die er durchlebte, hinterließ er ein beeindruckendes Werk, das bis heute Millionen von Menschen inspiriert. Diese Erzählung beleuchtet seine Herkunft, sein Leben, seine bedeutendsten Werke und das Vermächtnis, das er hinterlassen hat.

Die frühen Jahre

Vincent van Gogh wurde als Sohn eines protestantischen Pfarrers geboren. Er wuchs in einer religiösen Familie auf; sein Vater, Theodorus van Gogh, war ein strenger Mann, während seine Mutter, Anna Cornelia Carbentus, eine künstlerische Ader hatte und ihren Kindern oft Geschichten erzählte. Vincent hatte fünf Geschwister; unter ihnen war sein jüngerer Bruder Theo, mit dem er eine enge Beziehung pflegte.

In seiner Kindheit zeigte Vincent wenig Interesse an der Schule und verbrachte viel Zeit in der Natur. Er entwickelte eine Leidenschaft für die Landschaftsmalerei und die Darstellung von Pflanzen und Tieren. Im Alter von 16 Jahren begann er eine Lehre bei einem Kunsthändler in Den Haag – dies sollte den Grundstein für seine spätere Karriere legen.

Der Weg zur Kunst

Nach seiner Lehrzeit arbeitete Vincent einige Jahre im Kunsthandel in verschiedenen Städten Europas, darunter London und Paris. Doch trotz seines Engagements für die Kunst fühlte er sich unglücklich und unerfüllt. Im Jahr 1876 entschied er sich schließlich, den Kunsthandel zu verlassen und Priester zu werden – ein Berufswunsch, den er schon lange hegte.
Er wurde jedoch schnell desillusioniert von der Kirche und wandte sich stattdessen der Malerei zu. In dieser Zeit lebte er in Belgien und arbeitete als Lehrer sowie als evangelischer Missionar unter Bergleuten im Borinage. Diese Erfahrungen prägten ihn tief; sie führten zu seinem Wunsch, das Leiden der Menschen durch seine Kunst auszudrücken.

Die ersten künstlerischen Schritte

Im Jahr 1880 beschloss Vincent endgültig, Künstler zu werden. Er zog nach Brüssel und begann ernsthaft mit dem Zeichnen und Malen. Seine frühen Werke waren stark von der niederländischen Maltradition beeinflusst; sie zeigten oft bäuerliche Szenen und das harte Leben der Landbevölkerung.

Eines seiner bekanntesten frühen Werke ist „Die Kartoffelesser" (1885), das die Armut und das einfache Leben der Bauern darstellt. Dieses Gemälde zeigt bereits Van Goghs Fähigkeit, Emotionen durch Farbe und Form auszudrücken.

Der Umzug nach Paris

Im Jahr 1886 zog Vincent nach Paris zu seinem Bruder Theo, der als Kunsthändler arbeitete. In Paris kam Vincent mit anderen Künstlern in Kontakt – darunter Paul Gauguin, Henri Toulouse-

Lautrec und Georges Seurat – was seinen Stil erheblich beeinflusste.

In dieser Zeit entdeckte Vincent die Impressionisten und deren Verwendung von Licht und Farbe. Er experimentierte mit neuen Techniken wie dem Pointillismus und entwickelte seinen eigenen unverwechselbaren Stil – geprägt von kräftigen Farben und dynamischen Pinselstrichen.

Seine berühmten Werke aus dieser Zeit sind „Selbstporträt mit gefrorenem Haar" (1887) sowie „Blühende Obstbäume" (1888). Diese Gemälde zeigen seinen Übergang zu einer lebendigeren Farbpalette.

Arles – Die produktivste Phase

Im Jahr 1888 zog Vincent nach Arles im Süden Frankreichs; diese Zeit gilt als seine produktivste Schaffensperiode. Hier malte er einige seiner bekanntesten Werke wie „Das Schlafzimmer" (1888), „Sonnenblumen" (1888) und „Caféterrasse bei Nacht" (1888).

In Arles träumte Vincent davon, eine Künstlergemeinschaft zu gründen; er lud Gauguin ein, ihm dort beizutreten. Doch ihre Zusammenarbeit war von Spannungen geprägt; es kam häufig zu Streitigkeiten über künstlerische Ansichten.

Die berühmteste Episode dieser Zeit war der Vorfall im Dezember 1888: Nach einem heftigen Streit schnitt sich Vincent einen Teil seines eigenen Ohres ab – ein Zeichen für seinen zunehmenden psychischen Stress.

Der Aufenthalt in Saint-Rémy-de-Provence

Nach einem weiteren psychischen Zusammenbruch ließ sich Vincent im Mai 1889 in die psychiatrische Klinik von Saint-Rémy-de-Provence einweisen. Während seines Aufenthalts malte er weiterhin intensiv; viele seiner Werke aus dieser Zeit sind geprägt von innerem Kampf aber auch von einer tiefen Verbindung zur Natur.

Eines seiner bekanntesten Gemälde aus dieser Zeit ist „Der Sternennacht" (1889), das den nächtlichen Himmel über Saint-Rémy zeigt – voller wirbelnder Sterne und emotionaler Intensität. Dieses Werk wird oft als Ausdruck seiner inneren Turbulenzen interpretiert.

Trotz seiner Schwierigkeiten fand Vincent Trost in der Malerei; sie wurde für ihn zum Mittel zur Bewältigung seines Leidens.

Letzte Jahre in Auvers-sur-Oise

Im Mai 1890 verließ Vincent Saint-Rémy-de-Provence und zog nach Auvers-sur-Oise nahe Paris, um näher bei Theo zu sein. Hier wurde er von dem Arzt Dr. Gachet betreut, einem Freund vieler Künstler.

In Auvers malte Vincent weiterhin intensiv; innerhalb weniger Wochen schuf er mehr als 70 Gemälde. Zu seinen letzten Werken gehören „Wheatfield with Crows" (1890) sowie „Porträt des Dr. Gachet" (1890). Diese Werke zeigen sowohl seine Meisterschaft als auch seine innere Verzweiflung.

Am 27. Juli 1890 schoss sich Vincent van Gogh selbst in die Brust; zwei Tage später starb er im Alter von nur 37 Jahren in den Armen seines Bruders Theo.

Das Vermächtnis

Obwohl Van Gogh zu Lebzeiten nur wenige Bilder verkaufte – insgesamt sollen es nur etwa zwei gewesen sein –, hat sein Werk posthum immense Anerkennung gefunden. Heute gilt er als einer der größten Maler aller Zeiten; seine innovative Verwendung von Farbe sowie seine emotionale Tiefe haben Generationen von Künstlern inspiriert.

Seine Briefe an Theo sind ebenfalls bemerkenswert; sie geben Einblicke in sein Denken über Kunst sowie seine persönlichen Kämpfe. Diese Briefe wurden später veröffentlicht und tragen dazu bei, Van Goghs komplexe Persönlichkeit besser zu verstehen.

Die Rezeption seiner Werke

Nach seinem Tod begann das Interesse an Van Goghs Arbeiten allmählich zu wachsen; insbesondere im späten 19. Jahrhundert begannen Sammler sowie Kritiker seine Werke neu zu bewerten. Ausstellungen zeigten zunehmend seine Gemälde; sie wurden zum Symbol für den Übergang zur modernen Kunstbewegung.

Heute sind viele seiner Werke Teil bedeutender Sammlungen weltweit – darunter das Van-Gogh-Museum in Amsterdam sowie das Musée d'Orsay in Paris – wo sie Millionen von Besuchern anziehen.

Fazit – Ein unsterbliches Erbe

Vincent van Gogh bleibt eine herausragende Figur nicht nur in der Geschichte der Malerei sondern auch im kulturellen Gedächtnis unserer Gesellschaft. Sein Streben nach künstlerischer Wahrheit sowie sein unermüdlicher Einsatz für die Darstellung menschlicher Emotionen machen ihn zeitlos relevant.

Sein Vermächtnis lebt weiter durch seine Meisterwerke wie „Sonnenblumen", „Die Sternennacht" oder „Das Schlafzimmer". Sie inspirieren nicht nur Künstler sondern berühren auch Herzen auf der ganzen Welt – ein Beweis dafür, dass wahre Kunst niemals vergeht sondern immer weiterlebt.

DIE GESCHICHTE VON CHRISTOPH COLUMBUS

Einleitung

Christoph Columbus, geboren zwischen dem 25. August und dem 31. Oktober 1451 in Genua, Italien, ist eine der bekanntesten Figuren der Weltgeschichte. Er wird oft als Entdecker Amerikas bezeichnet, obwohl er nie wusste, dass er einen neuen Kontinent entdeckt hatte. Seine Reisen führten zu einem tiefgreifenden Wandel in der Weltgeschichte und eröffneten das Zeitalter der Entdeckungen. Diese Erzählung beleuchtet seine Herkunft, sein Leben, seine bedeutendsten Reisen und das Vermächtnis, das er hinterlassen hat.

Die frühen Jahre

Christoph Columbus wurde in eine Familie von Handwerkern geboren. Sein Vater, Domenico Colombo, war Weber und seine Mutter, Susanna Fontanarossa, kümmerte sich um die Kinder. Christoph wuchs in einer Zeit auf, in der Genua ein wichtiges Handelszentrum war. Schon früh zeigte er Interesse an Seefahrt und Navigation.

Im Alter von 14 Jahren begann Columbus als Matrose zu arbeiten und segelte im Mittelmeer. Diese Erfahrungen prägten seinen Wunsch, die Welt zu erkunden und neue Handelsrouten zu finden. Er studierte Karten und maritime Techniken und entwickelte eine Leidenschaft für die Geographie.

Die Vision eines Entdeckers

Columbus war überzeugt davon, dass es einen westlichen Seeweg nach Indien gab – eine Theorie, die damals unter vielen Gelehrten umstritten war. Er glaubte, dass man durch die Überquerung des Atlantiks Asien erreichen könnte. Diese Idee wurde durch die Berichte über den Reichtum Indiens und Chinas beflügelt.

Um seine Pläne zu verwirklichen, benötigte Columbus Unterstützung und finanzielle Mittel. Nach mehreren gescheiterten Versuchen wandte er sich schließlich an den spanischen König Ferdinand II. von Aragonien und Königin Isabella I. von Kastilien.

Der Weg zur ersten Reise

Nach jahrelangen Verhandlungen erhielt Columbus im Jahr 1492 endlich die Genehmigung für seine Expedition. Am 3. August 1492 verließ er den Hafen von Palos de la Frontera mit drei Schiffen: der „Santa María", der „Pinta" und der „Niña". An Bord waren etwa 90 Männer.

Columbus' Ziel war es, eine westliche Route nach Indien zu finden; stattdessen landete er am 12. Oktober 1492 auf einer Insel in der Karibik – heute bekannt als San Salvador (Bahamas). Dies markierte den Beginn einer neuen Ära in der Geschichte.

Die erste Reise (1492-1493)

Während seiner ersten Reise erkundete Columbus mehrere Inseln in der Karibik, darunter Kuba und Hispaniola (heute Haiti und Dominikanische Republik). Er traf auf indigene Völker wie die Taíno und Arawak, die ihm freundlich begegneten.

Columbus nahm einige dieser Menschen gefangen und brachte sie nach Spanien zurück; dies sollte sich als katastrophal für die indigenen Völker herausstellen. Seine Berichte über Gold und Reichtum führten dazu, dass weitere Expeditionen geplant wurden.

Am 15. März 1493 kehrte Columbus nach Spanien zurück; er wurde als Held empfangen und erhielt große Anerkennung für seine „Entdeckung".

Die zweite Reise (1493-1496)

Ermutigt durch seinen Erfolg plante Columbus eine zweite Reise mit einer größeren Flotte von 17 Schiffen und mehr als 1.200 Männern. Am 25. September 1493 brach er erneut auf; diesmal war sein Ziel nicht nur die Erkundung neuer Gebiete sondern auch die Errichtung dauerhafter Siedlungen.

Columbus landete wieder auf Hispaniola und gründete dort die erste europäische Kolonie in Amerika – La Isabela. Doch diese Reise war von Schwierigkeiten geprägt: Krankheiten breiteten sich aus, Nahrungsmittel wurden knapp und Konflikte mit den indigenen Völkern nahmen zu.

Trotz dieser Herausforderungen blieb Columbus entschlossen; er suchte weiterhin nach Gold und anderen Reichtümern.

Die dritte Reise (1498-1500)

Im Jahr 1498 unternahm Columbus seine dritte Reise; diesmal segelte er weiter südlich entlang der Küste Südamerikas bis zur Mündung des Orinoco-Flusses in Venezuela. Hier entdeckte er neue Länder sowie reiche Ressourcen.

Allerdings häuften sich während dieser Expedition Probleme mit seinen Männern sowie mit den indigenen Völkern. In Hispaniola kam es zu Aufständen gegen seine Herrschaft; viele Kolonisten waren unzufrieden mit seiner Führung.

Columbus kehrte schließlich nach Spanien zurück; dort wurde er wegen seiner schlechten Verwaltung kritisiert und verlor viel von seinem Einfluss.

Die vierte Reise (1502-1504)

Trotz seiner Rückschläge unternahm Columbus im Jahr 1502 seine vierte und letzte Reise mit dem Ziel, einen westlichen Seeweg nach Asien zu finden. Während dieser Expedition erkundete er Teile Mittelamerikas wie Honduras, Nicaragua und Costa Rica.

Die Bedingungen waren extrem schwierig; Stürme beschädigten seine Schiffe und Krankheiten setzten seiner Crew stark zu. Dennoch gelang es ihm, einige wichtige geografische Entdeckungen zu machen.

Schließlich kehrte Columbus im Jahr 1504 nach Spanien zurück; gesundheitlich angeschlagen lebte er in Armut und Isolation.

Das Vermächtnis

Christoph Columbus starb am 20. Mai 1506 in Valladolid, Spanien; sein Leben war geprägt von Ruhm aber auch von Kontroversen über seine Methoden sowie den Auswirkungen seiner Entdeckungen auf die indigenen Völker Amerikas.

Seine Reisen führten zur europäischen Kolonisierung Amerikas – ein Prozess, der immense Veränderungen für die indigenen Kulturen zur Folge hatte; viele Völker litten unter Gewalt, Krankheiten sowie Verlust ihrer Heimatländer.

Dennoch wird Columbus oft als Held gefeiert; sein Name ist eng verbunden mit dem Zeitalter der Entdeckungen sowie dem Aufstieg Europas zur globalen Macht.

Die Rezeption seiner Person

Die Wahrnehmung von Christoph Columbus hat sich im Laufe der Jahrhunderte gewandelt; während er lange Zeit als Pionier gefeiert wurde, gibt es heute zunehmend kritische Stimmen über seinen Umgang mit den indigenen Völkern sowie die Folgen seiner Entdeckungen.

In vielen Ländern wird der Kolumbus-Tag gefeiert; gleichzeitig gibt es Bewegungen zur Umbenennung dieses Feiertags oder zur Einführung eines „Indigenous Peoples' Day", um das Leiden der Ureinwohner anzuerkennen.

Diese Debatten spiegeln ein wachsendes Bewusstsein für koloniale Geschichte wider sowie deren Auswirkungen auf heutige Gesellschaften.

Fazit – Ein komplexes Erbe

Christoph Columbus bleibt eine komplexe Figur in der Geschichte – sowohl als Entdecker als auch als Symbol für koloniale Expansion sowie deren Folgen für indigene Kulturen weltweit. Sein Streben nach Ruhm führte zu bedeutenden geografischen Entdeckungen aber auch zu tiefgreifenden menschlichen Tragödien.

Sein Vermächtnis lebt weiter durch zahlreiche Denkmäler sowie kulturelle Referenzen; gleichzeitig fordert es uns heraus, kritisch über unsere Geschichte nachzudenken sowie deren Auswirkungen auf gegenwärtige gesellschaftliche Strukturen zu reflektieren.

Insgesamt zeigt das Leben von Christoph Columbus sowohl das Streben des Menschen nach Wissen als auch die Verantwortung gegenüber anderen Kulturen – ein Thema von zeitloser Bedeutung.

DIE GESCHICHTE VON ALEXANDER VON HUMBOLDT

Einleitung

Alexander von Humboldt, geboren am 14. September 1769 in Berlin, Deutschland, gilt als einer der bedeutendsten Naturforscher und Entdecker des 19. Jahrhunderts. Seine umfassenden Studien über die Natur und seine Reisen durch Südamerika haben nicht nur die Wissenschaft revolutioniert, sondern auch das Verständnis der Menschheit für die Erde und ihre Ökosysteme geprägt. Diese Erzählung beleuchtet seine Herkunft, sein Leben, seine bedeutendsten Entdeckungen und das Vermächtnis, das er hinterlassen hat.

Die frühen Jahre

Alexander von Humboldt wurde in eine wohlhabende Familie geboren; sein Vater, ein preußischer Offizier, starb früh, und seine Mutter war eine gebildete Frau aus einer angesehenen Familie. Von klein auf zeigte Humboldt ein großes Interesse an der Natur und den Wissenschaften. Er erhielt eine umfassende Ausbildung und studierte an der Universität Frankfurt (Oder) sowie an der Universität Göttingen.

In seiner Jugend entwickelte Humboldt eine Leidenschaft für die Naturwissenschaften, insbesondere für Geologie, Botanik und Zoologie. Er war fasziniert von den verschiedenen Aspekten der Natur und verbrachte viel Zeit mit dem Studium von Pflanzen und Tieren.

Der Weg zum Entdecker

Nach seinem Studium trat Humboldt in den preußischen Staatsdienst ein; jedoch fühlte er sich unzufrieden mit dem Büroalltag. Sein Wunsch nach Abenteuer und Entdeckung führte ihn dazu, seine Karriere aufzugeben und sich ganz der Wissenschaft zu widmen.

Im Jahr 1799 brach Humboldt zu seiner ersten großen Expedition nach Südamerika auf. Zusammen mit dem Botaniker Aimé Bonpland segelte er nach Venezuela. Diese Reise sollte nicht nur sein Leben verändern sondern auch die wissenschaftliche Welt nachhaltig beeinflussen.

Die Expedition nach Südamerika (1799-1804)

Humboldt reiste durch verschiedene Länder Südamerikas, darunter Venezuela, Kolumbien, Ecuador und Peru. Während dieser Expedition sammelte er Tausende von Pflanzenproben, zeichnete Karten und führte zahlreiche Messungen durch – darunter meteorologische Beobachtungen sowie geologische Untersuchungen.

Eine seiner bemerkenswertesten Entdeckungen war die Identifizierung des „Orinoco-Amazonas"-Systems als zusammenhängendes Flusssystem. Zudem erkannte er die Bedeutung der Höhenlagen für das Klima und die Vegetation – Konzepte, die später zur Entwicklung der modernen Klimatologie führten.

Humboldt war auch ein Pionier in der Erforschung der Anden; er bestieg mehrere Gipfel und dokumentierte die Flora und Fauna in verschiedenen Höhenlagen. Seine detaillierten

Zeichnungen und Notizen trugen wesentlich zum Wissen über diese Region bei.

Die Rückkehr nach Europa

Nach fünf Jahren kehrte Humboldt im Jahr 1804 nach Europa zurück; seine Reise hatte ihn zu einem anerkannten Wissenschaftler gemacht. Er veröffentlichte zahlreiche Berichte über seine Expeditionen sowie wissenschaftliche Arbeiten über Geographie, Botanik und Zoologie.

Sein bekanntestes Werk ist „Kosmos", eine mehrbändige Schrift, in der er versuchte, das gesamte Wissen über die Naturwissenschaften zu systematisieren. In diesem Werk verband er verschiedene Disziplinen wie Astronomie, Geologie und Biologie miteinander – ein Ansatz, der damals neuartig war.

Humboldts Arbeiten trugen dazu bei, das Interesse an den Naturwissenschaften zu fördern; viele seiner Ideen beeinflussten spätere Generationen von Wissenschaftlern.

Die Bedeutung von Humboldts Denken

Humboldt war nicht nur ein Entdecker sondern auch ein Visionär; er glaubte an die Einheit von Mensch und Natur sowie an die Wechselwirkungen zwischen verschiedenen ökologischen Systemen. Seine Überzeugung war es, dass alles im Universum miteinander verbunden ist – eine Idee, die heute als Grundlage für viele Umweltbewegungen gilt.

Er betonte auch die Bedeutung des Umweltschutzes lange bevor dieser Begriff populär wurde. Humboldt warnte vor den negativen Auswirkungen menschlicher Aktivitäten auf die Natur;

diese Einsichten sind heute relevanter denn je angesichts globaler Herausforderungen wie Klimawandel und Artensterben.

Spätere Reisen und Forschungen

In den folgenden Jahren unternahm Humboldt weitere Reisen; unter anderem besuchte er Nordamerika zwischen 1803 und 1804 sowie erneut zwischen 1827 bis 1829. Während dieser Reisen untersuchte er verschiedene Aspekte der amerikanischen Landschaft sowie deren Flora und Fauna.

Er traf viele bedeutende Persönlichkeiten seiner Zeit – darunter Thomas Jefferson in den USA – und diskutierte mit ihnen über Wissenschaft sowie Politik. Humboldts Einfluss erstreckte sich über Grenzen hinweg; seine Ideen fanden Anklang bei vielen Denkern des 19. Jahrhunderts.

Das Vermächtnis eines Gelehrten

Alexander von Humboldt starb am 6. Mai 1859 in Berlin im Alter von fast 90 Jahren; sein Lebenswerk hinterließ einen bleibenden Eindruck auf die Wissenschaftsgeschichte. Viele Institutionen sind nach ihm benannt worden – darunter Universitäten sowie Forschungsinstitute weltweit.

Seine Schriften wurden in zahlreiche Sprachen übersetzt; sie inspirierten Generationen von Wissenschaftlern sowie Künstlern gleichermaßen. Der Begriff „Humboldtian Science" beschreibt einen interdisziplinären Ansatz zur Erforschung natürlicher Phänomene – ein Konzept, das bis heute Anwendung findet.

Die Rezeption seines Lebenswerks

Die Rezeption von Humboldts Arbeiten hat sich im Laufe der
Zeit gewandelt; während er zu seinen Lebzeiten als einer der
größten Wissenschaftler gefeiert wurde, geriet sein Name im
späten 19. Jahrhundert etwas in Vergessenheit zugunsten anderer Forscher wie Charles Darwin oder Alfred Russel Wallace.

In den letzten Jahrzehnten hat jedoch ein erneutes Interesse an
Humboldts Ideen eingesetzt; insbesondere im Kontext des Umweltschutzes wird sein Denken wiederentdeckt. Viele sehen ihn
als Vorläufer moderner Umweltbewegungen sowie als Vor-
kämpfer für nachhaltige Entwicklung.

Ein Leben für die Wissenschaft

Humboldt lebte ein Leben voller Neugierde und Wissensdrang;
trotz seines Ruhms blieb er bescheiden und suchte stets nach
neuen Erkenntnissen über die Welt um ihn herum. Sein unermüdlicher Einsatz für Forschung sowie Bildung machte ihn zu
einem Vorbild für viele junge Wissenschaftler.

Er setzte sich zeitlebens für soziale Gerechtigkeit ein; so engagierte er sich beispielsweise gegen Sklaverei sowie Kolonialis-
mus – Themen, die zu seiner Zeit oft ignoriert wurden.

Fazit – Ein unsterbliches Erbe

Alexander von Humboldt bleibt eine herausragende Figur in der
Geschichte der Wissenschaft; sein Streben nach Wissen sowie
sein interdisziplinärer Ansatz haben das Verständnis unserer
Welt revolutioniert. Sein Vermächtnis lebt weiter durch seine

Schriften sowie durch das Bewusstsein für ökologische Zusammenhänge.

Seine Überzeugung von der Einheit aller Dinge inspiriert weiterhin Menschen weltweit dazu, sich für den Schutz unserer Erde einzusetzen – ein Thema von zeitloser Bedeutung angesichts globaler Herausforderungen wie Klimawandel oder Verlust biologischer Vielfalt.

Insgesamt zeigt das Leben von Alexander von Humboldt sowohl das Streben des Menschen nach Wissen als auch dessen Verantwortung gegenüber unserer Umwelt – eine Botschaft, die uns alle betrifft.

DIE BEGEGNUNG DER ENTDECKER: ALEXANDER VON HUMBOLDT UND CHRISTOPH COLUMBUS

Einleitung

Es war eine stürmische Nacht auf dem offenen Meer, als ein geheimnisvolles Licht den Horizont erhellte. Ein Schiff, das aus einer anderen Zeit und Dimension zu kommen schien, segelte durch die Wellen. An Bord befanden sich zwei der größten Entdecker der Geschichte: Alexander von Humboldt und Christoph Columbus. Sie waren durch Raum und Zeit verbunden worden, um über ihre Reisen und die Konsequenzen ihrer Entdeckungen zu sprechen.

Die Ankunft auf dem Schiff

Columbus stand am Bug des Schiffs und blickte in die Dunkelheit des Ozeans. Plötzlich spürte er eine Präsenz hinter sich. Er drehte sich um und sah einen älteren Mann mit einem langen Bart und einem neugierigen Blick – es war Alexander von Humboldt.

„Wer bist du?", fragte Columbus skeptisch.

„Ich bin Alexander von Humboldt, ein Naturforscher und Geograph", antwortete Humboldt mit einem Lächeln. „Und du bist Christoph Columbus, der Entdecker Amerikas."

Columbus nickte stolz. „Ja, ich habe die Neue Welt entdeckt. Ich habe den Weg für die europäische Kolonisierung geebnet."

Humboldt schüttelte den Kopf. „Aber zu welchem Preis?"

Die Diskussion beginnt

Die beiden Männer setzten sich an einen Tisch im Inneren des Schiffs, während das Wasser gegen die Planken schlug. Columbus begann zu erzählen: „Ich wollte Ruhm und Reichtum für mein Land gewinnen. Als ich 1492 landete, dachte ich, ich hätte Indien erreicht. Doch was ich fand, war ein Kontinent voller Menschen und Kulturen."

Humboldt hörte aufmerksam zu. „Und was geschah dann? Hast du je darüber nachgedacht, welche Auswirkungen deine Entdeckung auf diese Völker hatte?"

Columbus seufzte. „Ich wusste nicht, dass meine Ankunft so viele Leiden bringen würde. Ich wollte nur neue Handelsrouten finden."

„Aber deine Entdeckung führte zur Kolonialisierung", entgegnete Humboldt ernsthaft. „Die indigenen Völker litten unter Gewalt, Krankheiten und Verlust ihrer Heimat."

Humboldts Perspektive

Humboldt sprach weiter über seine eigenen Reisen in Südamerika: „Als ich dort war, erkannte ich die Schönheit der Natur und die Vielfalt der Kulturen. Ich wollte das Wissen über diese Länder erweitern und die Zusammenhänge zwischen Mensch und Natur verstehen."

Columbus nickte nachdenklich. „Ich habe nie wirklich darüber nachgedacht, wie wichtig es ist, die Umwelt zu respektieren."

„Genau", sagte Humboldt mit Nachdruck. „Wir müssen lernen, dass alles miteinander verbunden ist – das Klima, die Pflanzenwelt und die Menschen selbst."

Der Schatten der Vergangenheit

Plötzlich wurde das Schiff von einem gewaltigen Sturm erfasst; Blitze zuckten über den Himmel und das Wasser tobte wild um sie herum. Inmitten des Chaos sahen sich Columbus und Humboldt an.

„Was haben wir angerichtet?", rief Columbus über den Lärm hinweg.

„Wir haben Wissen erlangt", antwortete Humboldt ruhig, „aber auch Verantwortung übernommen."

Der Sturm beruhigte sich allmählich; das Schiff glitt sanft über die Wellen.

Die Frage nach dem Kontinent

Nach dem Sturm saßen sie wieder am Tisch; beide Männer waren still geworden. Schließlich brach Humboldt das Schweigen: „Wenn du einen Kontinent hättest wählen müssen – welchen hättest du lieber nicht entdeckt?"

Columbus zögerte kurz. „Ich denke oft an Hispaniola zurück; dort begann alles für mich – aber auch das Leid vieler Menschen."

Humboldt nickte zustimmend. „Für mich wäre es vielleicht Nordamerika gewesen; dort gibt es so viel Vielfalt an

Ökosystemen und Kulturen – aber auch so viel Zerstörung durch menschliches Handeln."

„Es ist schwer zu sagen", murmelte Columbus nachdenklich. „Jede Entdeckung hat ihre Schattenseiten."

Ein neues Verständnis

Die beiden Männer begannen zu erkennen, dass ihre Perspektiven unterschiedlich waren; während Columbus als Pionier galt, war Humboldts Ansatz interdisziplinär – er betrachtete nicht nur geografische Aspekte sondern auch soziale sowie ökologische Zusammenhänge.

„Vielleicht sollten wir unsere Geschichten nutzen", schlug Humboldt vor, „um zukünftige Generationen zu lehren, verantwortungsbewusst mit unserer Welt umzugehen."

Columbus lächelte schwach. „Das wäre ein guter Weg; wir können nicht ändern, was geschehen ist – aber wir können dafür sorgen, dass es nicht wiederholt wird."
Der Abschied

Als das Schiff langsam in den Nebel eintauchte, wussten beide Männer, dass ihre Zeit zusammen bald enden würde.

„Es war mir eine Ehre", sagte Humboldt schließlich.

„Mir auch", erwiderte Columbus ernsthaft. „Möge unser Gespräch dazu beitragen, dass andere aus unseren Fehlern lernen."

Mit diesen Worten verschwanden sie in einem strahlenden Lichtblitz; das Schiff löste sich auf und hinterließ nur sanfte Wellen auf dem ruhigen Meer.

Das Vermächtnis der Entdecker

In den Annalen der Geschichte bleiben sowohl Alexander von Humboldt als auch Christoph Columbus bedeutende Figuren – jeder mit seinem eigenen Erbe sowie seinen eigenen Herausforderungen.

Während Columbus oft als Held gefeiert wird für seine Entdeckungen bleibt sein Erbe komplex aufgrund der Folgen seiner Taten für indigene Völker.

Humboldt hingegen wird als Vorreiter des modernen Umweltbewusstseins angesehen; sein interdisziplinärer Ansatz hat Generationen inspiriert.

Ihre Begegnung zwischen Raum und Zeit erinnert uns daran, dass jede Entdeckung Verantwortung mit sich bringt – eine Lektion für alle zukünftigen Entdecker dieser Welt.

Alexander Von Humboldt
Christcopher Carrgrtor Colombus s zltn
au 15ʳᵉ-concrem Carod and Sailing Cloumbus

DIE GESCHICHTE VON WINSTON CHURCHILL

Einleitung

Winston Churchill, geboren am 30. November 1874 in Blenheim Palace, England, ist eine der markantesten Figuren des 20. Jahrhunderts. Als britischer Premierminister während des Zweiten Weltkriegs führte er sein Land durch eine der dunkelsten Zeiten der Geschichte und wurde für seine unerschütterliche Entschlossenheit und seinen inspirierenden Führungsstil berühmt. Diese Erzählung beleuchtet seine Herkunft, sein Leben, seine bedeutendsten Leistungen und das Vermächtnis, das er hinterlassen hat.

Die frühen Jahre

Winston Leonard Spencer Churchill wurde als Sohn von Lord Randolph Churchill und Jennie Jerome geboren. Seine Familie gehörte zur britischen Aristokratie, doch die Kindheit von Winston war alles andere als einfach. Sein Vater war ein prominenter Politiker, der oft abwesend war, während seine Mutter eine amerikanische Sozialite war, die viel Zeit mit ihrem Sohn verbrachte.

Churchill hatte Schwierigkeiten in der Schule; er war ein unruhiger Schüler und kämpfte mit den Anforderungen des Unterrichts. Dennoch zeigte er früh Interesse an Geschichte und Militärstrategien. Nach dem Abschluss seiner Schulbildung trat er in die Royal Military Academy Sandhurst ein und wurde 1894 als Offizier in die British Army aufgenommen.

Frühe Karriere und Abenteuer

Nach seiner Ausbildung diente Churchill zunächst in Indien und dann in Ägypten. Er nutzte diese Zeit nicht nur für militärische Einsätze sondern auch für journalistische Tätigkeiten; er berichtete über Konflikte und schrieb Artikel für verschiedene Zeitungen.
Im Jahr 1899 reiste Churchill nach Südafrika, um über den Zweiten Burenkrieg zu berichten. Während dieser Zeit wurde er gefangen genommen, konnte jedoch entkommen und kehrte als Held nach England zurück. Diese Erfahrungen prägten ihn stark und festigten seinen Wunsch, in die Politik zu gehen.

Der Aufstieg in der Politik

Churchills politische Karriere begann im Jahr 1900, als er als Abgeordneter für die Konservative Partei ins Unterhaus gewählt wurde. Doch schon bald wechselte er zur Liberalen Partei, da er sich für soziale Reformen und progressive Ideen interessierte.

In den folgenden Jahren bekleidete Churchill verschiedene Ministerposten; unter anderem war er Minister für Handel und später Innenminister. Seine politischen Ansichten waren oft umstritten; er setzte sich leidenschaftlich für Themen wie Arbeitsrechte und soziale Gerechtigkeit ein.

Der Erste Weltkrieg

Mit Ausbruch des Ersten Weltkriegs im Jahr 1914 wurde Churchill zum Ersten Lord der Admiralität ernannt. In dieser Rolle war er verantwortlich für die britische Marine und spielte eine entscheidende Rolle bei der Planung von Operationen auf See.

Eine seiner umstrittensten Entscheidungen war die Gallipoli-Operation im Jahr 1915 – ein gescheiterter Versuch, das Osmanische Reich zu besiegen. Die Niederlage führte zu erheblichen Verlusten und belastete Churchills Ruf schwer.

Nach dem Krieg zog sich Churchill vorübergehend aus der Politik zurück; jedoch blieb sein Interesse an militärischen Angelegenheiten ungebrochen.

Zwischen den Kriegen

In den Jahren zwischen den beiden Weltkriegen setzte Churchill seine politische Karriere fort; jedoch geriet er aufgrund seiner Ansichten über den Frieden mit Deutschland in Konflikt mit vielen seiner Kollegen. Er warnte vor dem aufkommenden Nationalsozialismus unter Adolf Hitler und forderte eine stärkere militärische Vorbereitung Großbritanniens.

Seine Warnungen wurden zunächst ignoriert; viele glaubten an eine friedliche Lösung der Probleme mit Deutschland. Doch Churchill blieb unbeirrt und sprach sich vehement gegen Appeasement-Politik aus.

Der Zweite Weltkrieg beginnt

Als der Zweite Weltkrieg im September 1939 ausbrach, wurde Churchill am 10. Mai 1940 zum Premierminister ernannt. Zu diesem Zeitpunkt stand Großbritannien allein gegen Nazi-Deutschland da; Frankreich war gefallen, und die Bedrohung durch Hitler wuchs täglich.

Churchill stellte sich entschlossen gegen die Nazis; seine berühmten Reden motivierten das britische Volk in einer Zeit großer Unsicherheit. „Wir werden kämpfen auf den Stränden", sagte er einmal – Worte, die Hoffnung gaben und den Widerstandswillen stärkten.

Führungsstärke während des Krieges

Während des Krieges arbeitete Churchill eng mit anderen Alliierten zusammen; insbesondere pflegte er enge Beziehungen zu Franklin D. Roosevelt, dem Präsidenten der Vereinigten Staaten. Gemeinsam planten sie strategische Angriffe gegen die Achsenmächte.

Churchills Fähigkeit zur Rhetorik sowie sein unerschütterlicher Glaube an den Sieg trugen dazu bei, dass Großbritannien nicht aufgab – selbst in den dunkelsten Stunden des Krieges wie während der Luftschlacht um England oder nach dem Fall von Singapur.
Sein berühmtes Zitat „Never surrender" (Niemals kapitulieren) wurde zum Motto einer ganzen Generation von Briten.

Der Sieg und die Nachkriegszeit

Der Krieg endete schließlich im Mai 1945 mit dem Sieg über Deutschland; Churchill wurde als Held gefeiert. Doch bei den Wahlen im Juli desselben Jahres verlor seine Partei überraschend gegen die Labour Party unter Clement Attlee.

Trotz seines Rückzugs aus dem Amt blieb Churchill politisch aktiv; er warnte vor der Bedrohung durch den Kommunismus sowie dem aufkommenden Kalten Krieg zwischen Ost und West.

Im Jahr 1946 hielt er eine berühmte Rede an der Westminster College in Missouri, USA, in der er vom „Eisernen Vorhang" sprach – einem Begriff, der das geteilte Europa symbolisierte.

Das Vermächtnis eines Führers

Winston Churchills Einfluss erstreckte sich weit über seine Amtszeit hinaus; sein Lebenswerk umfasst nicht nur politische Errungenschaften sondern auch literarische Werke – darunter mehrere Bücher über Geschichte sowie Memoiren über den Zweiten Weltkrieg.

Er erhielt zahlreiche Auszeichnungen für seine Verdienste; im Jahr 1953 wurde ihm der Nobelpreis für Literatur verliehen – eine Anerkennung seiner schriftstellerischen Fähigkeiten sowie seines Beitrags zur Geschichtsschreibung.

Churchill starb am 24. Januar 1965 im Alter von 90 Jahren; sein Tod markierte das Ende einer Ära aber auch einen Wendepunkt in der britischen Geschichte.

Fazit – Ein komplexes Erbe

Winston Churchills Leben ist geprägt von Widersprüchen – als brillanter Redner sowie strategischer Denker wird er sowohl bewundert als auch kritisiert. Seine Entscheidungen während des Krieges hatten tiefgreifende Auswirkungen auf Europa sowie die Weltordnung nach dem Krieg.

Sein Vermächtnis lebt weiter durch zahlreiche Denkmäler sowie kulturelle Referenzen; viele sehen ihn als Symbol für Widerstandskraft sowie Entschlossenheit angesichts widriger Umstände.

Insgesamt zeigt das Leben von Winston Churchill sowohl das
Streben nach Freiheit als auch die Verantwortung eines Führers
gegenüber seinem Volk – Themen von zeitloser Bedeutung.

DIE GESCHICHTE VON ANGELA MERKEL

Einleitung

Angela Merkel, geboren am 8. Juli 1954 in Hamburg, Deutschland, ist eine der einflussreichsten Politikerinnen des 21. Jahrhunderts. Als erste weibliche Bundeskanzlerin Deutschlands und eine der führenden Persönlichkeiten in der Europäischen Union hat sie die politische Landschaft Europas und darüber hinaus geprägt. Diese Erzählung beleuchtet ihre Herkunft, ihren Werdegang, ihre bedeutendsten Leistungen und das Vermächtnis, das sie hinterlassen hat.

Die frühen Jahre

Angela Dorothea Merkel wurde als Tochter eines protestantischen Pfarrers und einer Lehrerin geboren. Ihre Familie zog kurz nach ihrer Geburt nach Templin in der damaligen DDR (Deutsche Demokratische Republik), wo sie aufwuchs. In ihrer Kindheit war Merkel ein schüchternes, aber neugieriges Kind mit einer Leidenschaft für Wissenschaft und Mathematik.

Merkel besuchte die Polytechnische Oberschule und zeigte früh Interesse an Naturwissenschaften. Nach dem Abitur studierte sie Physik an der Universität Leipzig und schloss ihr Studium 1978 ab. Anschließend arbeitete sie bis zur Wende als Wissenschaftlerin im Bereich Quantenchemie am Zentralinstitut für physikalische Chemie der Akademie der Wissenschaften in Ostberlin.

Der Weg in die Politik

Die Wende 1989 war ein entscheidender Moment in Merkels Leben. Sie engagierte sich aktiv in der Bürgerrechtsbewegung „Demokratischer Aufbruch" und trat der neu gegründeten Partei „CDU" (Christlich Demokratische Union) bei. Nach der Wiedervereinigung Deutschlands wurde sie 1990 in den Deutschen Bundestag gewählt.

Merkel stieg schnell in der CDU auf; unter Helmut Kohl wurde sie Ministerin für Frauen und Jugend sowie später Ministerin für Umwelt, Naturschutz und Reaktorsicherheit. In dieser Zeit erwarb sie sich einen Ruf als pragmatische Politikerin mit einem klaren Fokus auf wissenschaftliche Ansätze zur Lösung von Problemen.

Aufstieg zur Parteiführung

Nach dem Rücktritt von Helmut Kohl im Jahr 1998 übernahm Merkel eine führende Rolle innerhalb der CDU. Im Jahr 2000 wurde sie zur ersten weiblichen Vorsitzenden der CDU gewählt – ein historischer Moment für die Partei und die deutsche Politik insgesamt.

In den folgenden Jahren stellte sich Merkel als starke Oppositionsführerin gegen die rot-grüne Koalition unter Gerhard Schröder dar. Sie setzte sich für wirtschaftliche Stabilität, soziale Gerechtigkeit und eine verantwortungsvolle Umweltpolitik ein.

Kanzlerschaft beginnt

Im Jahr 2005 gewann die CDU unter Merkels Führung die Bundestagswahl, und sie wurde zur ersten Bundeskanzlerin

Deutschlands gewählt. Ihre Kanzlerschaft begann in einer Zeit großer Herausforderungen; Deutschland befand sich in einer wirtschaftlichen Krise, und es gab zahlreiche gesellschaftliche Spannungen.

Merkel bildete eine große Koalition mit der SPD (Sozialdemokratische Partei Deutschlands) und setzte sofort Reformen um, um die Wirtschaft zu stabilisieren. Ihr pragmatischer Ansatz half dabei, Deutschland durch diese schwierige Phase zu navigieren.

Die Finanzkrise

Die globale Finanzkrise von 2007/2008 stellte eine enorme Herausforderung für Merkel dar. Sie spielte eine entscheidende Rolle bei den europäischen Bemühungen zur Stabilisierung des Euro und zur Rettung von Banken in Notlagen.

Merkel setzte sich für strenge Haushaltsdisziplin ein und forderte Reformen innerhalb der EU, um zukünftige Krisen zu verhindern. Ihr Führungsstil während dieser Krise festigte ihren Ruf als starke Anführerin auf internationaler Ebene.

Flüchtlingskrise

Ein weiterer Wendepunkt in Merkels Kanzlerschaft war die Flüchtlingskrise von 2015. Angesichts des massiven Zustroms von Flüchtlingen aus Syrien und anderen Krisengebieten entschied sich Merkel, Deutschland offen zu halten und humanitäre Hilfe anzubieten.

Ihr berühmtes Zitat „Wir schaffen das" wurde zum Symbol ihrer Politik während dieser Zeit. Diese Entscheidung führte jedoch auch zu innerparteilichen Konflikten sowie zu einem Anstieg populistischer Bewegungen innerhalb Deutschlands.

Europäische Integration

Merkel war stets eine Verfechterin der europäischen Integration; sie setzte sich dafür ein, dass Deutschland eine führende Rolle innerhalb der EU spielt. Unter ihrer Führung wurden wichtige Entscheidungen getroffen, um die europäische Einheit zu stärken – insbesondere während der Schuldenkrise in Griechenland.

Sie förderte Initiativen zur Bekämpfung des Klimawandels sowie zur Förderung erneuerbarer Energien; ihr Engagement für den Pariser Klimaschutzvertrag im Jahr 2015 war ein weiterer Beweis für ihren Einsatz für globale Herausforderungen.

Außenpolitik und internationale Beziehungen

Merkels Außenpolitik war geprägt von einem multilateralistischen Ansatz; sie suchte stets den Dialog mit anderen Nationen – sowohl innerhalb Europas als auch global. Ihre Fähigkeit, Brücken zwischen verschiedenen politischen Lagern zu bauen, machte sie zu einer respektierten Figur auf internationaler Ebene.

Sie pflegte enge Beziehungen zu anderen Staats- und Regierungschefs wie Barack Obama, Emmanuel Macron und Theresa May; ihre diplomatischen Fähigkeiten trugen dazu bei, viele internationale Konflikte zu entschärfen.

Das Ende einer Ära

Im Jahr 2021 gab Angela Merkel bekannt, dass sie nicht erneut für das Amt der Bundeskanzlerin kandidieren würde; nach mehr als sechzehn Jahren im Amt bereitete sie sich darauf vor, das politische Parkett zu verlassen. Ihre Entscheidung markierte das Ende einer Ära in der deutschen Politik.

Bei den Bundestagswahlen im September 2021 trat Olaf Scholz von der SPD als ihr Nachfolger an; trotz ihrer Abwesenheit blieb Merkels Einfluss auf die politische Landschaft spürbar.

Das Vermächtnis von Angela Merkel

Angela Merkels Vermächtnis ist vielschichtig; sie wird oft als eine der mächtigsten Frauen der Welt angesehen – nicht nur wegen ihres Amtes sondern auch aufgrund ihres Einflusses auf globale Themen wie Klimawandel, Migration und internationale Sicherheit.

Ihr Führungsstil wird häufig als pragmatisch beschrieben; sie bevorzugte einen konsensorientierten Ansatz gegenüber konfrontativen Methoden. Dies führte dazu, dass viele Menschen sowohl innerhalb Deutschlands als auch international Respekt vor ihr hatten.

Insgesamt zeigt das Leben von Angela Merkel sowohl den Aufstieg einer Frau in einer männerdominierten Welt als auch den unermüdlichen Einsatz für Demokratie sowie soziale Gerechtigkeit – Themen von zeitloser Bedeutung für zukünftige Generationen.

DIE TEESTUNDE DER VISIONÄRE: WINSTON CHURCHILL UND ANGELA MERKEL

Einleitung

Es war ein sonniger Nachmittag in einem eleganten Salon in London, als sich zwei der bedeutendsten politischen Führer der Geschichte zu einer ungewöhnlichen Teestunde trafen. Winston Churchill, der legendäre britische Premierminister des Zweiten Weltkriegs, und Angela Merkel, die erste weibliche Bundeskanzlerin Deutschlands, saßen an einem Tisch, umgeben von feinem Porzellan und dem Duft frisch gebrühten Tees. Beide waren durch Raum und Zeit verbunden worden, um über ihre Visionen für eine bessere Welt zu diskutieren.

Der Beginn des Gesprächs

Churchill nahm einen Schluck von seinem Earl Grey und betrachtete Merkel mit einem scharfen Blick. „Frau Merkel", begann er mit seiner charakteristischen Stimme, „wir leben in Zeiten großer Herausforderungen. Die Welt scheint oft im Chaos zu versinken. Was denken Sie, wie können wir sie besser machen?"

Merkel lächelte sanft und erwiderte: „Herr Churchill, ich glaube fest daran, dass wir durch Zusammenarbeit und Dialog viel erreichen können. In meiner Zeit habe ich gesehen, wie wichtig es ist, Brücken zu bauen – sowohl innerhalb Europas als auch global."

„Brücken sind wichtig", stimmte Churchill zu. „Aber manchmal muss man auch den Mut haben, klare Entscheidungen zu treffen.

In Krisenzeiten ist es entscheidend, dass man nicht nur redet, sondern handelt."

Die Herausforderungen der Gegenwart

Merkel nickte nachdenklich. „Wir stehen vor vielen Herausforderungen: Klimawandel, Migration und soziale Ungleichheit sind nur einige davon. Ich habe versucht, Deutschland als Vorreiter im Klimaschutz zu positionieren. Aber es braucht mehr als nur nationale Anstrengungen; wir müssen global zusammenarbeiten."

„Ah, das Klima", murmelte Churchill. „Ich erinnere mich an die Kämpfe um Ressourcen während des Krieges. Es ist bemerkenswert, wie sehr sich die Welt verändert hat – aber die Grundprinzipien bleiben gleich: Wir müssen für das Wohl unserer Bürger kämpfen."

„Genau", sagte Merkel mit Nachdruck. „Und das bedeutet auch Verantwortung gegenüber zukünftigen Generationen zu übernehmen."

Lektionen aus der Geschichte

Churchill lehnte sich zurück und dachte nach. „In meiner Zeit war es entscheidend, den Feind klar zu erkennen und sich gegen ihn zu stellen. Manchmal ist es notwendig, unbequeme Wahrheiten auszusprechen – selbst wenn sie unpopulär sind."

„Das stimmt", antwortete Merkel. „Aber ich glaube auch an den Dialog mit unseren Gegnern. Wir müssen verstehen, warum Menschen bestimmte Entscheidungen treffen – sei es in Bezug auf Migration oder geopolitische Spannungen."

„Ein kluger Ansatz", sagte Churchill anerkennend. „Doch vergessen Sie nicht die Bedeutung von Entschlossenheit! Wenn man einmal entschieden hat, muss man bereit sein zu kämpfen – für Freiheit und Gerechtigkeit."

Die Rolle der Jugend

„Was ist mit der Jugend?", fragte Merkel plötzlich. „Sie sind die Zukunft dieser Welt und tragen große Verantwortung für den Wandel."

Churchill nickte zustimmend. „Die Jugend hat immer eine besondere Rolle gespielt; sie bringt frische Ideen und Energie mit sich. Aber sie muss auch lernen aus der Geschichte – denn ohne Wissen über die Vergangenheit kann man keine fundierten Entscheidungen für die Zukunft treffen."

„Das ist wahr", erwiderte Merkel nachdenklich. „Wir müssen Bildung fördern und sicherstellen, dass junge Menschen Zugang zu Informationen haben – damit sie informierte Bürger werden können."

Ein gemeinsames Ziel

„Letztendlich geht es darum", sagte Churchill mit Nachdruck, „dass wir ein gemeinsames Ziel verfolgen: Frieden und Wohlstand für alle Völker dieser Erde."

Merkel lächelte bei diesen Worten. „Ja! Und das bedeutet auch Solidarität unter den Nationen – besonders in Krisenzeiten müssen wir zusammenstehen."

„Solidarität ist wichtig", stimmte Churchill zu. „Aber man darf nie vergessen: Manchmal muss man auch unbequem sein und klare Grenzen setzen – sowohl national als auch international."

Der Ausblick auf die Zukunft

Als die Teestunde sich dem Ende zuneigte, blickten beide Politiker nachdenklich aus dem Fenster auf die geschäftige Straße Londons.

„Frau Merkel", begann Churchill erneut, „ich bewundere Ihren Mut und Ihre Entschlossenheit in schwierigen Zeiten. Lassen Sie sich nicht entmutigen von den Herausforderungen; führen Sie Ihr Land mit Integrität und Weitsicht."

Merkel lächelte dankbar zurück. „Und ich bewundere Ihre Fähigkeit zur Rhetorik sowie Ihre Entschlossenheit im Angesicht von Widrigkeiten. Ihre Worte haben viele inspiriert; ich hoffe ebenfalls auf eine positive Wirkung auf kommende Generationen."

Ein Vermächtnis des Wandels

Als sie sich verabschiedeten und ihre Wege trennten – Churchill zurück in seine Zeit des Krieges und Merkel in ihre Ära der europäischen Integration – blieb ein Gefühl der Hoffnung im Raum.

Beide hatten erkannt, dass trotz ihrer unterschiedlichen Hintergründe und Epochen ihre Ziele ähnlich waren: eine bessere Welt für alle Menschen zu schaffen.

In dieser imaginären Teestunde hatten sie nicht nur ihre Erfahrungen geteilt sondern auch eine gemeinsame Vision entwickelt – eine Vision von Zusammenarbeit, Verständnis und dem unermüdlichen Streben nach Frieden.

So lebten ihre Ideen weiter; inspirierten zukünftige Generationen dazu, mutig für das einzutreten, was richtig ist – egal wie herausfordernd der Weg auch sein mag.

DIE GESCHICHTE VON THOMAS MANN

Einleitung

Thomas Mann, geboren am 6. Juni 1875 in Lübeck, Deutschland, ist einer der bedeutendsten Schriftsteller des 20. Jahrhunderts. Sein Werk umfasst Romane, Essays und Erzählungen, die sich mit Themen wie Identität, Moral und der menschlichen Existenz auseinandersetzen. Diese Erzählung beleuchtet seine Herkunft, seinen Werdegang, seine bedeutendsten Leistungen und das Vermächtnis, das er hinterlassen hat.

Die frühen Jahre

Thomas Mann wurde in eine wohlhabende Kaufmannsfamilie geboren. Sein Vater, ein erfolgreicher Kaufmann, starb jedoch früh und hinterließ die Familie in einer schwierigen finanziellen Lage. Diese Erfahrungen prägten Manns Kindheit und Jugend stark. Er wuchs in Lübeck auf, einer Stadt, die ihn zeitlebens inspirieren sollte.

Mann besuchte das Gymnasium in Lübeck und zeigte schon früh Interesse an Literatur und Kunst. Nach dem Abitur im Jahr 1894 begann er ein Studium der Architektur und später der Literatur an der Universität München. Doch sein Studium war nicht von langer Dauer; er brach es ab, um sich ganz dem Schreiben zu widmen.

Der literarische Durchbruch

Sein erster großer literarischer Erfolg kam mit dem Roman „Buddenbrooks" (1901), einem Familienepos über den Verfall einer Lübecker Kaufmannsfamilie. Das Buch wurde ein sofortiger

Erfolg und brachte Mann den Ruf eines bedeutenden Schriftstellers ein. Es gewann 1929 den Nobelpreis für Literatur und festigte seinen Platz in der deutschen Literaturgeschichte.

„Buddenbrooks" thematisiert den Konflikt zwischen individueller Freiheit und gesellschaftlichen Erwartungen – ein zentrales Motiv in Manns Werk. Der Roman spiegelt auch die Veränderungen in der deutschen Gesellschaft zu Beginn des 20. Jahrhunderts wider.

Die Entwicklung als Schriftsteller

Nach dem Erfolg von „Buddenbrooks" veröffentlichte Mann weitere bedeutende Werke wie „Der Tod in Venedig" (1912) und „Der Zauberberg" (1924). In diesen Romanen erforschte er komplexe Themen wie Krankheit, Tod und die Suche nach Sinn im Leben.

„Der Tod in Venedig" erzählt die Geschichte von Gustav von Aschenbach, einem Schriftsteller, der sich in einen jungen polnischen Jungen verliebt. Der Roman behandelt Fragen der Ästhetik und des Verlangens sowie die Spannungen zwischen Kunst und Leben.

„Der Zauberberg", ein monumentales Werk über einen jungen Mann namens Hans Castorp, der sich in einem Sanatorium aufhält, ist eine tiefgründige Auseinandersetzung mit Zeit, Krankheit und dem europäischen Geist vor dem Ersten Weltkrieg.

Politisches Engagement

Mit dem Aufstieg des Nationalsozialismus in den 1930er Jahren wurde Thomas Mann zunehmend politisch aktiv. Er emigrierte

1933 aus Deutschland nach Zürich und später nach Kalifornien. Während dieser Zeit setzte er sich vehement gegen das nationalsozialistische Regime ein.

Mann nutzte seine Stimme als Schriftsteller und Intellektueller, um auf die Gefahren des Faschismus aufmerksam zu machen. In seinen Essays kritisierte er die Ideologie des Nationalsozialismus scharf und plädierte für Demokratie sowie Menschenrechte.

Sein berühmter Aufsatz „Deutschland und die Deutschen" (1945) ist eine eindringliche Analyse der deutschen Identität im Kontext des Krieges und des Nationalsozialismus.

Rückkehr nach Deutschland

Nach dem Ende des Zweiten Weltkriegs kehrte Thomas Mann 1949 nach Deutschland zurück. Er war entschlossen, zur Wiederherstellung eines demokratischen Deutschlands beizutragen. In dieser Zeit hielt er zahlreiche Vorträge über Kulturpolitik und die Verantwortung von Künstlern in einer neuen Gesellschaft.

Mann engagierte sich auch für den Wiederaufbau der deutschen Kultur nach dem Krieg; er trat für eine europäische Einigung ein und sah dies als Weg zur Überwindung nationalistischer Konflikte.

Späte Jahre und literarische Reflexionen

In seinen späteren Jahren schrieb Mann weiterhin bedeutende Werke wie „Doktor Faustus" (1947), einen Roman über einen Komponisten, der einen Pakt mit dem Teufel eingeht – eine Allegorie auf den moralischen Verfall Deutschlands während des Nationalsozialismus.

Mann reflektierte auch über seine eigene Identität als Künstler; seine autobiografischen Schriften bieten Einblicke in sein Leben sowie seine Gedanken über Kunst, Politik und Ethik.

Sein Werk bleibt geprägt von einem tiefen Verständnis für die menschliche Natur sowie einem unermüdlichen Streben nach Wahrheit – Eigenschaften, die ihn zu einem zeitlosen Schriftsteller machen.

Auszeichnungen und Anerkennung

Für seine literarischen Verdienste erhielt Thomas Mann zahlreiche Auszeichnungen; neben dem Nobelpreis für Literatur wurden ihm auch Ehrendoktorwürden verliehen sowie Mitgliedschaften in verschiedenen Akademien zugesprochen.
Sein Einfluss erstreckt sich weit über Deutschland hinaus; viele seiner Werke wurden ins Englische übersetzt und haben internationale Anerkennung gefunden. Mann gilt als einer der wichtigsten Vertreter des deutschen Expressionismus sowie als Meister des psychologischen Romans.

Das Vermächtnis eines großen Denkers

Thomas Mann starb am 12. August 1955 in Zürich; sein Tod markierte das Ende eines außergewöhnlichen Lebens voller kreativer Leistungen sowie politischem Engagement. Sein literarisches Erbe lebt weiter durch seine Werke sowie durch die Inspiration, die sie Generationen von Lesern gegeben haben.

Manns Fähigkeit, komplexe menschliche Emotionen darzustellen sowie gesellschaftliche Probleme zu analysieren macht ihn zu einem zeitlosen Autor; seine Bücher werden weiterhin studiert sowie geschätzt – sowohl für ihre literarische Qualität als auch für ihre tiefgreifenden Einsichten in das menschliche Dasein.

Die Relevanz seiner Themen heute

Die Themen von Thomas Mann sind heute relevanter denn je; Fragen nach Identität, Moralität sowie sozialer Verantwortung sind zentrale Herausforderungen unserer Zeit. Seine Werke laden dazu ein, über unsere eigenen Werte nachzudenken sowie darüber, wie wir als Gesellschaft zusammenleben wollen.

In einer Welt voller Unsicherheiten können Leser aus Manns Schriften Kraft schöpfen; sie bieten nicht nur historische Perspektiven sondern auch zeitlose Weisheiten über das Menschsein selbst.

Fazit – Ein Leben für die Literatur

Zusammenfassend lässt sich sagen, dass Thomas Mann nicht nur ein herausragender Schriftsteller war sondern auch ein engagierter Bürger seiner Zeit. Sein Leben war geprägt von einem unermüdlichen Streben nach Wahrheit sowie Gerechtigkeit – sowohl im persönlichen als auch im politischen Bereich.

Durch sein literarisches Werk hat er nicht nur Geschichten erzählt sondern auch wichtige gesellschaftliche Fragen aufgeworfen; sein Einfluss wird noch lange spürbar bleiben – sowohl innerhalb Deutschlands als auch international.

Thomas Mann bleibt eine Figur von immensem kulturellen Gewicht; sein Vermächtnis inspiriert weiterhin Autoren sowie Leser weltweit dazu, über das Wesen des Menschen nachzudenken

– immer auf der Suche nach Antworten auf die großen Fragen
des Lebens.

DIE BEGEGNUNG MIT DEN BUDDEN-BROOKS

Einleitung

Es war ein regnerischer Nachmittag in Lübeck, als Thomas Mann, der berühmte Schriftsteller und Autor von „Buddenbrooks", in einem kleinen Café saß und an seinem nächsten Werk arbeitete. Plötzlich öffnete sich die Tür, und eine Gruppe von Menschen trat ein – es waren die Buddenbrooks, die fiktive Familie aus seinem eigenen Roman. Verwirrt, aber auch fasziniert, beobachtete Mann, wie sie sich um einen Tisch versammelten.

Die Ankunft der Buddenbrooks

„Guten Tag, Herr Mann!", rief Thomas Buddenbrook, der älteste Sohn der Familie. „Wir sind gekommen, um mit Ihnen zu sprechen." Die anderen Familienmitglieder nickten zustimmend: seine Frau Gerda, sein Bruder Christian und seine Schwester Klara.

Mann war überrascht. „Wie ist das möglich? Ihr seid doch Figuren aus meinem Buch!"

„Ja", antwortete Klara mit einem Lächeln. „Aber wir sind hier, um Ihnen zu sagen, was Sie bei uns besser machen hätten können."

Der Druck des Erbes

Thomas Buddenbrook begann: „Sie haben unsere Geschichte erzählt, aber Sie haben nicht genug über den Druck gesprochen, den das Erbe auf uns ausgeübt hat. Wir waren gefangen in den Erwartungen unserer Familie und der Gesellschaft."

„Das stimmt", erwiderte Mann nachdenklich. „Ich wollte den Verfall einer Kaufmannsfamilie darstellen. Aber ich verstehe jetzt, dass ich mehr über die inneren Konflikte hätte schreiben sollen."
Gerda fügte hinzu: „Es war nicht nur der Druck des Erfolgs; es war auch die Angst vor dem Scheitern. Wir lebten ständig im Schatten unserer Vorfahren."

Die Rolle der Frauen

An diesem Punkt meldete sich Klara zu Wort: „Und was ist mit uns Frauen? Sie haben uns oft als Nebenfiguren dargestellt. Wir hatten unsere eigenen Träume und Ambitionen!"

Mann nickte zustimmend. „Das war mir nicht bewusst. Ich habe mich mehr auf die männlichen Charaktere konzentriert und ihre Kämpfe hervorgehoben."

„Wir wollten auch gehört werden", sagte Gerda eindringlich. „Unsere Stimmen waren wichtig für das Familienerbe."

Der Einfluss von Krankheit und Tod

Christian Buddenbrook sah ernst aus. „Und was ist mit dem Thema Krankheit? In Ihrer Geschichte wird unser Verfall oft als unvermeidlich dargestellt. Aber es gab Momente des Kampfes und der Hoffnung!"

„Ja", stimmte Klara zu. „Der Tod war allgegenwärtig in unserem Leben, aber wir hatten auch Freude und Liebe zu bieten."

Mann fühlte sich berührt von ihren Worten. „Ich wollte den unvermeidlichen Verfall zeigen, aber ich sehe jetzt, dass ich die Lebensfreude und den Kampfgeist nicht ausreichend gewürdigt habe."

Die Suche nach Identität

Thomas Buddenbrook sprach weiter: „Wir waren nicht nur Produkte unserer Umgebung; wir suchten nach unserer eigenen Identität! Es wäre schön gewesen, wenn Sie mehr Raum für unsere individuellen Geschichten gelassen hätten."

„Das ist ein wichtiger Punkt", gestand Mann. „Ich habe mich auf das große Ganze konzentriert – die Familie als Einheit – aber ich hätte mehr über eure persönlichen Kämpfe erzählen sollen."

Ein neues Ende

Die Diskussion nahm eine neue Wendung, als Gerda vorschlug: „Was wäre gewesen, wenn wir ein anderes Ende gehabt hätten? Vielleicht hätten wir einen Weg gefunden, unser Erbe neu zu definieren!"

Mann lächelte bei dieser Idee. „Das wäre interessant gewesen! Ein Ende voller Hoffnung statt des unvermeidlichen Untergangs könnte eine stärkere Botschaft senden."

Christian nickte begeistert: „Stellen Sie sich vor, wir hätten zusammengearbeitet und neue Wege gefunden – vielleicht sogar eine neue Art von Geschäft oder Kunst gegründet!"

Die Bedeutung von Gemeinschaft

„Und vergessen Sie nicht die Bedeutung von Gemeinschaft", fügte Klara hinzu. „Wir hätten uns gegenseitig unterstützen können – anstatt uns voneinander zu entfernen."

Mann spürte eine Welle der Inspiration durch seinen Körper strömen. Diese Gespräche eröffneten ihm neue Perspektiven auf seine eigene Arbeit.

„Ich danke euch für diese Einsichten", sagte er schließlich ernsthaft. „Ihr habt mir gezeigt, dass es immer Raum für Wachstum gibt – sowohl im Leben als auch in der Literatur."

Abschied und Reflexion

Als die Zeit verging und das Licht im Café schwächer wurde, wussten die Buddenbrooks, dass es Zeit war zu gehen.

„Wir danken Ihnen für Ihre Offenheit", sagte Thomas Buddenbrook zum Abschied. „Vielleicht können Sie unsere Geschichte eines Tages neu erzählen – mit all unseren Facetten."

Mann nickte nachdenklich und versprach ihnen: „Eure Stimmen werden gehört werden; ich werde darüber nachdenken und versuchen, eure Geschichten in meine zukünftigen Werke einzuflechten."

Ein neuer Blick auf das Werk

Als die Buddenbrooks das Café verließen und in die regnerischen Straßen Lübecks eintauchten, blieb Thomas Mann zurück – inspiriert von dieser unerwarteten Begegnung.

Er wusste nun, dass jede Geschichte viele Perspektiven hatte; dass selbst fiktive Charaktere Wünsche und Träume hatten.

Diese Begegnung würde ihn dazu anregen, seine eigene Schreibweise zu überdenken; er würde versuchen, tiefer in die menschliche Erfahrung einzutauchen – um nicht nur Geschichten über Verfall zu erzählen sondern auch über Hoffnung und Gemeinschaft.

So schloss er sein Notizbuch mit einem neuen Gefühl der Entschlossenheit; bereit für neue Herausforderungen in seiner literarischen Karriere.

Thomas Mann meetts the Búddenbrrook family in Lübeck

DIE GESCHICHTE VON WILLIAM SHAKESPEARE

Einleitung

William Shakespeare, oft als der größte Dramatiker und Dichter der englischen Sprache angesehen, wurde im Jahr 1564 in Stratford-upon-Avon geboren. Sein Leben und Werk haben die Literatur und das Theater für immer geprägt. Diese Erzählung beleuchtet seine Herkunft, seinen Werdegang, seine bedeutendsten Leistungen und das Vermächtnis, das er hinterlassen hat.

Die frühen Jahre

William Shakespeare wurde am 23. April 1564 als drittes von acht Kindern von John Shakespeare, einem wohlhabenden Handschuhmacher und Stadtrat, und Mary Arden geboren. Stratford-upon-Avon war zu dieser Zeit eine kleine Marktstadt mit einer lebhaften Gemeinschaft. Die Familie lebte in einem großen Haus, das den jungen William umgab mit dem Einfluss von Kunst und Kultur.

Shakespeare besuchte die örtliche Schule, wo er eine fundierte Ausbildung erhielt. Er lernte Latein, Rhetorik und Literatur – Fächer, die ihn für sein späteres Schaffen prägten. Es wird angenommen, dass er auch viel über die lokale Folklore und die mündliche Tradition der Geschichten lernte, die in seiner Heimat verbreitet waren.

Die Jugendjahre

Im Alter von 18 Jahren heiratete Shakespeare Anne Hathaway, mit der er drei Kinder hatte: Susanna sowie die Zwillinge

Hamnet und Judith. Diese frühe Verantwortung könnte ihn dazu motiviert haben, nach London zu ziehen und eine Karriere im Theater zu verfolgen.

Die genauen Umstände seines Umzugs nach London sind unklar; es gibt jedoch Hinweise darauf, dass er in den 1580er Jahren in der Theaterwelt Fuß fasste. Zu dieser Zeit blühte das Theaterleben in London auf; zahlreiche Spielstätten entstanden, darunter das berühmte Globe Theatre.

Der Aufstieg zum Ruhm

Shakespeares erste Werke wurden in den späten 1580er Jahren veröffentlicht. Seine frühen Stücke wie „Henry VI" und „Titus Andronicus" fanden Anklang beim Publikum. Doch es war sein Meisterwerk „Romeo und Julia" (1595), das ihm große Anerkennung einbrachte. Diese Tragödie über verbotene Liebe zwischen zwei verfeindeten Familien berührte die Herzen vieler Menschen und etablierte Shakespeare als führenden Dramatiker seiner Zeit.

In den folgenden Jahren schrieb er eine Vielzahl von Stücken – sowohl Tragödien als auch Komödien – darunter „Der Kaufmann von Venedig", „Ein Sommernachtstraum" und „Hamlet". Jedes dieser Werke zeigte Shakespeares außergewöhnliches Talent für Sprache, Charakterentwicklung und komplexe Themen.

Die Themen seiner Werke

Was Shakespeare so besonders machte, war nicht nur sein Talent für das Schreiben von Dialogen; es waren auch die universellen Themen seiner Werke. Liebe, Macht, Eifersucht, Verrat und menschliche Schwächen sind zentrale Motive in seinen Stücken.

„Hamlet", eines seiner bekanntesten Werke, behandelt Fragen des Lebens und des Todes sowie den inneren Konflikt eines Mannes zwischen Pflichtgefühl und persönlichem Zweifel. In „Macbeth" untersucht er den Einfluss von Ambition auf den menschlichen Geist – ein Thema, das bis heute relevant ist.

Seine Fähigkeit, tief in die menschliche Psyche einzutauchen und komplexe Emotionen darzustellen, machte seine Charaktere zeitlos und nachvollziehbar.

Das Globe Theatre

Im Jahr 1599 gründete Shakespeare zusammen mit anderen Schauspielern die Lord Chamberlain's Men – eine Theatertruppe, die bald zu einer der erfolgreichsten in London wurde. Sie errichteten das Globe Theatre am Südufer der Themse; dieses Theater wurde zum Schauplatz vieler seiner berühmtesten Stücke.

Das Globe war ein offenes Theater mit einer Kapazität von etwa 3.000 Zuschauern. Hier konnten Menschen aus allen Gesellschaftsschichten zusammenkommen – vom einfachen Bürger bis zum Adligen – um Shakespeares Werke zu erleben. Die Atmosphäre im Globe war lebhaft; Zuschauer reagierten direkt auf die Darbietungen der Schauspieler.

Die späten Jahre

In den letzten Jahren seines Lebens zog sich Shakespeare teilweise aus dem Theatergeschäft zurück und kehrte nach Stratford-upon-Avon zurück. Dort kaufte er ein großes Anwesen namens New Place und widmete sich zunehmend dem Schreiben sowie dem Verfassen von Sonetten.

Seine Sonette sind eine Sammlung von 154 Gedichten, die Themen wie Liebe, Schönheit und Vergänglichkeit behandeln. Sie zeigen Shakespeares Meisterschaft im Umgang mit Sprache sowie seine Fähigkeit zur lyrischen Ausdrucksweise.

Sein letztes Stück „Der Sturm" (1611) gilt als eine Art Rückblick auf sein Leben als Schriftsteller; es enthält Reflexionen über Machtverhältnisse sowie über Vergebung.

Der Tod eines Genies

William Shakespeare starb am 23. April 1616 im Alter von 52 Jahren in Stratford-upon-Avon. Sein Tod hinterließ eine Lücke in der Welt des Theaters; doch sein Erbe lebte weiter durch seine Werke.

Er hinterließ ein umfangreiches literarisches Werk – insgesamt etwa 39 Stücke sowie zahlreiche Gedichte –, das bis heute weltweit gelesen und aufgeführt wird. Seine Fähigkeit zur Beobachtung menschlicher Natur macht ihn zu einem zeitlosen Autor; seine Geschichten sprechen Generationen an.

Das Vermächtnis eines Meisters

Shakespeares Einfluss auf die englische Sprache ist unermesslich; viele Ausdrücke und Redewendungen stammen aus seinen Werken oder wurden durch sie populär gemacht. Begriffe wie „break the ice", „heart of gold" oder „wild-goose chase" sind nur einige Beispiele für seinen sprachlichen Einfluss.

Darüber hinaus hat sein Werk Generationen von Schriftstellern inspiriert – sowohl in England als auch international. Autoren wie Goethe, Tolstoi oder Joyce zogen Inspiration aus Shakespeares Themen sowie seinem Stil.

Seine Stücke werden weiterhin weltweit aufgeführt; sie sind Teil des Lehrplans an Schulen sowie Universitäten rund um den Globus.

Die Relevanz seiner Themen heute

Die Themen von William Shakespeare sind heute relevanter denn je; Fragen nach Identität, Machtverhältnissen sowie zwischenmenschlichen Beziehungen beschäftigen uns weiterhin. Seine Charaktere sind nicht nur Produkte ihrer Zeit sondern spiegeln universelle menschliche Erfahrungen wider.

In einer Welt voller Unsicherheiten können Leser aus Shakespeares Schriften Kraft schöpfen; sie bieten nicht nur historische Perspektiven sondern auch zeitlose Weisheiten über das Menschsein selbst.

Seine Fähigkeit zur Darstellung komplexer Emotionen macht ihn zu einem unverzichtbaren Bestandteil der Weltliteratur; seine Werke laden dazu ein, über unsere eigenen Werte nachzudenken sowie darüber, wie wir miteinander umgehen wollen.

Fazit – Ein Leben für die Kunst

Zusammenfassend lässt sich sagen, dass William Shakespeare nicht nur ein herausragender Dramatiker war sondern auch ein tiefgründiger Denker seiner Zeit. Sein Leben war geprägt von einem unermüdlichen Streben nach Wahrheit sowie Schönheit – sowohl im persönlichen als auch im künstlerischen Bereich.

Durch sein literarisches Werk hat er nicht nur Geschichten erzählt sondern auch wichtige gesellschaftliche Fragen aufgeworfen; sein Einfluss wird noch lange spürbar bleiben – sowohl innerhalb Englands als auch international.

William Shakespeare bleibt eine Figur von immensem kulturellen Gewicht; sein Vermächtnis inspiriert weiterhin Autoren sowie Leser weltweit dazu, über das Wesen des Menschen nachzudenken – immer auf der Suche nach Antworten auf die großen Fragen des Lebens.

DIE GESCHICHTE VON CHARLIE CHAPLIN

Einleitung

Charlie Chaplin, geboren am 16. April 1889 in London, war einer der einflussreichsten und bekanntesten Komiker und Filmemacher des 20. Jahrhunderts. Mit seinem unverwechselbaren Stil, seiner Fähigkeit zur körperlichen Komik und seinem scharfen sozialen Kommentar prägte er die Filmindustrie nachhaltig. Diese Erzählung beleuchtet seine Herkunft, seinen Werdegang, seine bedeutendsten Leistungen und das Vermächtnis, das er hinterlassen hat.

Die frühen Jahre

Charles Spencer Chaplin wurde in eine arme Familie geboren. Seine Eltern, Charles Chaplin Sr. und Hannah Chaplin, waren beide im Showgeschäft tätig; sein Vater war Sänger und seine Mutter Schauspielerin. Doch die Ehe war turbulent, und als Charlie drei Jahre alt war, verließ sein Vater die Familie. Hannah kämpfte mit psychischen Problemen und konnte sich oft nicht um ihre Kinder kümmern.

In dieser schwierigen Umgebung wuchs Charlie auf. Er verbrachte viel Zeit in Waisenhäusern und bei Verwandten. Trotz der widrigen Umstände entwickelte er schon früh eine Leidenschaft für die Bühne. Mit nur fünf Jahren trat er erstmals auf – ein frühes Zeichen seines Talents.

Der Weg zur Bühne

Im Alter von neun Jahren begann Chaplin, in einer Theatertruppe zu arbeiten, die durch England tourte. Diese Erfahrungen
prägten ihn stark; er lernte die Grundlagen des Schauspiels sowie der Komödie kennen. Sein Talent fiel schnell auf, und bald
wurde er als „der kleine Tramp" bekannt – eine Figur, die ihm
später weltweiten Ruhm einbringen sollte.

Nach einigen Jahren im Vaudeville zog Chaplin 1910 nach Amerika. Dort trat er weiterhin in verschiedenen Theaterproduktio-
nen auf und fand schließlich seinen Weg zur Filmindustrie.

Der Aufstieg zum Ruhm

Chaplins erster Filmauftritt fand 1914 statt, als er für die Keys-
tone Studios arbeitete. In dieser Zeit entstand auch seine ikonische Figur des Tramps – ein kleiner Mann mit einem großen Hut,
einem Schnurrbart und einem Gehstock. Diese Figur verkörperte
den Geist der Unschuld und den Kampf gegen soziale Ungerechtigkeiten.

Sein erster großer Erfolg kam mit dem Kurzfilm „Kid Auto Races
at Venice" (1914), in dem der Tramp einen Wettkampf stört. Der
Film wurde ein Hit und etablierte Chaplin als einen der führenden Komiker seiner Zeit.

In den folgenden Jahren drehte Chaplin zahlreiche weitere Filme
wie „The Tramp" (1915) und „The Immigrant" (1917). Seine
Werke waren nicht nur komisch; sie enthielten auch tiefgründige
gesellschaftliche Kommentare über Armut, Ungerechtigkeit und
den menschlichen Zustand.

Meisterwerke des Stummfilms

Mit dem Aufkommen des Stummfilms entwickelte sich Chaplin zu einem Meister seines Fachs. Filme wie „The Kid" (1921) zeigen nicht nur seine komödiantischen Fähigkeiten sondern auch sein Talent für emotionale Erzählungen. In diesem Film spielt er einen obdachlosen Mann, der ein Waisenkind aufnimmt – eine herzzerreißende Geschichte über Liebe und Verlust.

„City Lights" (1931) gilt als eines seiner besten Werke; es kombiniert Humor mit einer tiefen emotionalen Botschaft über das Streben nach Glück in einer rauen Welt. Der Film erzählt die Geschichte des Tramps, der sich in eine blinde Blumenverkäuferin verliebt und alles tut, um ihr zu helfen.
Chaplins Fähigkeit, komplexe Themen mit Leichtigkeit zu behandeln, machte ihn zu einem einzigartigen Künstler seiner Zeit.

Der Übergang zum Tonfilm

Mit dem Aufkommen des Tonfilms in den späten 1920er Jahren stand Chaplin vor einer Herausforderung; viele glaubten, dass seine Art von Komik im neuen Medium nicht funktionieren würde. Doch er bewies das Gegenteil mit seinem Meisterwerk „Modern Times" (1936), das sowohl Stummfilm- als auch Tonelemente kombinierte.

In „Modern Times" kritisierte Chaplin die Industrialisierung und deren Auswirkungen auf den Menschen; der Film zeigt den Tramp als Arbeiter in einer Fabrik, der unter dem Druck der modernen Welt leidet. Die berühmte Szene mit dem sich drehenden Zahnrad ist bis heute ikonisch.

Politisches Engagement

Chaplins Filme waren oft von sozialer Kritik geprägt; dies zeigte sich besonders deutlich in seinem ersten Tonfilm „The Great Dictator" (1940). In diesem satirischen Werk parodiert er Adolf Hitler und kritisiert den Faschismus sowie Antisemitismus.

Der Film endete mit einer kraftvollen Rede des Tramps – eine Botschaft der Hoffnung für Frieden und Menschlichkeit in einer Zeit des Krieges. Diese Rede ist bis heute berühmt für ihren Appell an Solidarität und Mitgefühl unter den Menschen.

Chaplins politisches Engagement führte jedoch auch zu Kontroversen; während der McCarthy-Ära wurde er wegen seiner politischen Ansichten ins Visier genommen.

Exil und Rückkehr

In den frühen 1950er Jahren verließ Chaplin Amerika aufgrund von politischen Spannungen; er lebte einige Jahre im Exil in Europa. Während dieser Zeit schrieb er seine Autobiografie „My Life", in der er über sein Leben reflektierte sowie seine Erfahrungen im Showgeschäft teilte.

Er kehrte schließlich 1972 nach Amerika zurück, um einen Ehrenoscar entgegenzunehmen – eine Anerkennung für sein Lebenswerk sowie seinen Einfluss auf das Kino.

Das Vermächtnis eines Genies

Charlie Chaplins Einfluss auf das Kino ist unermesslich; seine Techniken haben Generationen von Filmemachern inspiriert. Er gilt als Pionier des Slapstick-Humors sowie als Meister der visuellen Erzählkunst.

Seine Filme sind zeitlos; sie werden weiterhin weltweit aufgeführt sowie geschätzt – sowohl für ihre komödiantische Brillanz als auch für ihre tiefgreifenden sozialen Kommentare.

Darüber hinaus hat Chaplins Charakter des Tramps Kultstatus erreicht; diese Figur steht symbolisch für den Kampf gegen Widrigkeiten sowie für die Suche nach Glück im Angesicht von Herausforderungen.

Die Relevanz seiner Themen heute

Die Themen von Charlie Chaplin sind heute relevanter denn je; Fragen nach sozialer Gerechtigkeit, Identität sowie menschlicher Würde beschäftigen uns weiterhin. Seine Fähigkeit zur Darstellung komplexer Emotionen macht ihn zu einem unverzichtbaren Bestandteil der Filmgeschichte; seine Geschichten laden dazu ein, über unsere eigenen Werte nachzudenken sowie darüber, wie wir miteinander umgehen wollen.

In einer Welt voller Unsicherheiten können Zuschauer aus Chaplins Schriften Kraft schöpfen; sie bieten nicht nur historische Perspektiven sondern auch zeitlose Weisheiten über das Menschsein selbst.

Fazit – Ein Leben für die Kunst

Zusammenfassend lässt sich sagen, dass Charlie Chaplin nicht nur ein herausragender Komiker war sondern auch ein tiefgründiger Denker seiner Zeit. Sein Leben war geprägt von einem unermüdlichen Streben nach Wahrheit sowie Schönheit – sowohl im persönlichen als auch im künstlerischen Bereich.

Durch sein filmisches Werk hat er nicht nur Geschichten erzählt sondern auch wichtige gesellschaftliche Fragen aufgeworfen; sein Einfluss wird noch lange spürbar bleiben – sowohl innerhalb Amerikas als auch international.

Charlie Chaplin bleibt eine Figur von immensem kulturellen Gewicht; sein Vermächtnis inspiriert weiterhin Filmemacher sowie Zuschauer weltweit dazu, über das Wesen des Menschen nachzudenken – immer auf der Suche nach Antworten auf die großen Fragen des Lebens.

DIE BEGEGNUNG IM GRUSELKABI-
NETT-DICK UND DOOF TREFFEN
CHARLIE CHAPLIN

Einleitung

Es war eine stürmische Nacht, als Charlie Chaplin, der legendäre Komiker und Meister des Stummfilms, in ein altes, verwittertes Gruselkabinett eintrat. Die Wände waren mit schaurigen Bildern und Spinnweben geschmückt, und das Licht flackerte unheimlich. Doch Charlie war nicht hier, um sich zu fürchten; er war auf der Suche nach Inspiration für seinen nächsten Film.

Als er durch die düsteren Gänge schlenderte, hörte er plötzlich ein vertrautes Lachen. Neugierig folgte er dem Geräusch und fand sich bald in einem kleinen Raum wieder, wo Stan Laurel und Oliver Hardy – das berühmte Komiker-Duo – gerade an einem Tisch saßen und versuchten, einen gruseligen Sketch zu planen.

Die erste Begegnung

„Stan!", rief Oliver mit seiner tiefen Stimme. „Wenn wir einen echten Schrei erzeugen wollen, müssen wir etwas Unheimliches tun!"

„Aber was?", fragte Stan mit seinem typischen naiven Gesichtsausdruck. „Vielleicht sollten wir einfach einen Geist rufen?"

In diesem Moment trat Charlie ein und unterbrach die beiden. „Entschuldigt die Störung, meine Herren! Ich konnte nicht anders, als euer Gespräch zu belauschen. Ein Geist? Das klingt nach einer großartigen Idee!"

Stan drehte sich um und seine Augen leuchteten auf. „Charlie Chaplin! Was für eine Ehre!"

Oliver grinste breit. „Was machst du hier in diesem schaurigen Ort? Suchst du nach Inspiration oder nach einem neuen Kostüm?"

Der Plan

„Ich bin auf der Suche nach etwas Neuem", antwortete Charlie mit einem schelmischen Lächeln. „Und ich dachte mir, dass ich vielleicht ein paar Ideen von den besten Komikern der Welt sammeln könnte."

„Wir sind keine Geister", sagte Stan ernsthaft. „Aber wir können dir sicher helfen!"

Oliver klopfte Stan auf den Rücken. „Ja, lass uns einen Sketch entwickeln! Wie wäre es mit einem gruseligen Hotelzimmer? Du weißt schon – das klassische Setting."

Charlie nickte zustimmend. „Das klingt gut! Aber wie wäre es, wenn wir auch einige Slapstick-Elemente hinzufügen? Vielleicht könnte ich versuchen, einen Geist zu fangen – aber am Ende fange ich nur euch beide!"

Die Witze

Die drei Komiker setzten sich zusammen und begannen zu brainstormen. Während sie Ideen austauschten, erzählte Charlie einen seiner berühmten Witze:

„Wisst ihr, warum Geister so schlechte Lügner sind? Weil man durch sie hindurchsehen kann!"

Stan lachte laut auf und erwiderte: „Das ist gut! Aber ich habe auch einen: Warum können Geister keine Lügen erzählen? Weil sie immer die Wahrheit sagen – sie sind einfach nicht lebendig genug dafür!"

Oliver schüttelte den Kopf und grinste: „Ihr beiden seid verrückt! Hier ist einer von mir: Was macht ein Geist in der Schule? Er nimmt an Geisterstunden teil!"
Die drei Männer lachten herzhaft über ihre eigenen Witze und die Atmosphäre wurde immer fröhlicher.

Der Sketch entsteht

Nach einigen weiteren Scherzen begannen sie ernsthaft an ihrem Sketch zu arbeiten. Sie entschieden sich für eine Szene in einem alten Hotelzimmer, in dem Charlie versucht, einen Geist zu fangen – während Stan und Oliver als zwei tollpatschige Geister auftreten.

„Stellt euch vor", begann Charlie enthusiastisch, „ich komme ins Zimmer und sehe euch beide in weißen Laken versteckt. Ich denke mir: ‚Das sind die schwächsten Geister aller Zeiten!' Und dann..."

Er machte eine dramatische Pause.

„...versuche ich euch mit meinem Gehstock einzufangen!"

Stan kicherte: „Und während du das tust, stolpern wir über unsere eigenen Füße und fallen ständig um!"

Oliver fügte hinzu: „Und am Ende stellt sich heraus, dass wir gar keine Geister sind – sondern einfach nur zwei verwirrte Gäste des Hotels!"

Die Proben

Die drei Männer beschlossen sofort mit den Proben zu beginnen. Sie räumten den Raum auf und improvisierten ihre Rollen.

Charlie spielte den mutigen Trapper des Geistes; Stan war der nervöse Geist mit großen Augen; Oliver war der grimmige Geist mit einer tiefen Stimme.

Während sie probten, passierten viele lustige Missgeschicke. Stan stolperte über seinen eigenen Umhang und fiel direkt in Olivers Arme.

„Ich glaube nicht, dass das so funktioniert", murmelte Oliver lachend.

Charlie konnte nicht mehr vor Lachen stehen bleiben; er fiel auf den Boden und hielt sich den Bauch.

Der große Auftritt

Nach stundenlangem Üben waren sie bereit für ihren großen Auftritt im Gruselkabinett. Sie hatten eine kleine Bühne improvisiert und luden einige neugierige Zuschauer ein.

Als die Vorführung begann, traten sie nacheinander auf die Bühne – Charlie als der mutige Held des Abenteuers; Stan als der verängstigte Geist; Oliver als der grimmige Geist.

Die Zuschauer lachten herzhaft über ihre Slapstick-Einlagen –
vom Stolpern bis hin zu komischen Dialogen über das Leben
nach dem Tod.

Am Höhepunkt des Stücks versuchte Charlie verzweifelt, die
beiden Geister einzufangen; doch stattdessen geriet alles außer
Kontrolle – Stühle kippten um, Lichter flackerten und schließlich
endete alles in einem chaotischen Durcheinander aus Gelächter.

Der Schlussakt

Nach dem Auftritt standen alle drei Komiker zusammen auf der
Bühne und verbeugten sich vor dem Publikum. Die Zuschauer
applaudierten begeistert; es war ein voller Erfolg!

„Das war fantastisch!" rief Stan begeistert aus.

Oliver nickte zustimmend. „Wir sollten öfter zusammenarbeiten!"

Charlie lächelte zufrieden. „Ich hätte nie gedacht, dass ich so viel
Spaß in einem Gruselkabinett haben würde."

Abschied von Freunden

Nachdem die Vorstellung vorbei war und das Publikum gegan-
gen war, saßen die drei Komiker noch lange zusammen im Gruselkabinett.

„Es ist erstaunlich", sagte Charlie nachdenklich. „Wie viel
Freude wir aus dieser verrückten Idee schöpfen konnten."

Stan nickte zustimmend. „Manchmal braucht man nur gute Freunde und ein bisschen Humor."

Oliver fügte hinzu: „Und vielleicht auch ein paar Geister!"

Sie lachten erneut über ihren eigenen Witz und genossen den Moment des Zusammenseins.

Ein bleibendes Vermächtnis

Obwohl diese Begegnung im Gruselkabinett nur eine Fantasie war, bleibt die Vorstellung von Charlie Chaplin zusammen mit Stan Laurel und Oliver Hardy lebendig – drei Meister des Humors vereint durch ihre Liebe zur Komödie.

Ihre Fähigkeit zur Darstellung menschlicher Schwächen sowie ihre unermüdliche Kreativität inspirierten Generationen von Künstlern weltweit. In einer Welt voller Herausforderungen erinnern uns diese drei Legenden daran, dass Humor oft der beste Weg ist, um mit dem Leben umzugehen – selbst wenn es manchmal gruselig wird.

CHARLIE
LAUREL & HAPDY ENCOUNTEREES
CHARLIE CHAPLIN

EPILOG

In einer Welt, in der die Grenzen zwischen Realität und Fiktion verschwommen sind, haben sich die größten Köpfe und schillerndsten Persönlichkeiten der Geschichte versammelt, um ihre letzten Geschichten zu erzählen. Hier, in diesem magischen Raum der Fantasie, wo Einstein mit Franklin über die Relativität von Zeit und Toastscheiben diskutiert, und Chaplin mit Dick und Doof einen Slapstick-Wettbewerb veranstaltet, wird das Lachen zur universellen Sprache.

Die Erinnerungen an legendäre Schiffe – von der Titanic bis zur Andrea Doria – segeln durch die Seiten wie Geister vergangener Zeiten. Sie flüstern von Abenteuern und Tragödien, während sie gleichzeitig den Humor des Lebens zelebrieren. In dieser fiktiven Welt gibt es Politiker, die nie existierten, aber deren Ideen so absurd und amüsant sind, dass man sich fragt, warum sie nicht wirklich gewählt wurden. Ein Präsident mit einem Känguru als Vize? Warum nicht! Schließlich ist alles möglich in dieser bunten Collage aus Geschichten.

Während wir uns von diesen skurrilen Begegnungen verabschieden, bleibt ein Gefühl der Leichtigkeit zurück. Die Lektionen des Lebens sind oft ernsthaft, doch hier haben wir gelernt, dass das Lachen eine Brücke schlägt zwischen den Epochen und Kulturen. Es erinnert uns daran, dass selbst die größten Denker und Träumer nicht vor dem Unfug des Lebens gefeit sind.

So schließen wir dieses Buch mit einem Augenzwinkern und einem herzlichen Lachen. Mögen die Geschichten weiterleben in unseren Gedanken und uns inspirieren, das Absurde im Alltäglichen zu finden. Denn letztlich ist das Leben selbst eine

Sammlung von Kurzgeschichten – einige tragisch, andere komisch – aber alle wertvoll in ihrer Einzigartigkeit.

Und wenn du das nächste Mal über einen alten Film lachst oder
ein Zitat eines großen Denkers hörst, erinnere dich: Vielleicht sit-
zen sie gerade jetzt zusammen an einem Tisch in dieser fantasti-
schen Welt und genießen ein Glas imaginären Wein – bereit für
die nächste große Geschichte.